KÜNSTLERIN, REBELLIN, PIONIERIN

20 außergewöhnliche Frauen aus Baden-Württemberg

Adrienne Braun

KÜNSTLERIN, REBELLIN, PIONIERIN

20 außergewöhnliche Frauen aus Baden-Württemberg

Südverlag

INHALTSVERZEICHNIS

VORWORT

Manchmal kann man nur spekulieren: War Emilie Zumsteeg tatsächlich zeitlebens Single? Hat Maria Andreae ihrem Mann den Kopf gewaschen, wenn er im Keller wieder mal versuchte, Gold herzustellen? Und wie weit ging die Liebe zwischen Karoline von Günderrode und Bettine Brentano?

Die Geschichtsschreibung begnügt sich meist mit schnöden Zahlen und Fakten. In den historischen Dokumenten und Stammbäumen sind in der Regel die Lebensdaten und Wohnorte verzeichnet, auch die zahllosen Vornamen der Vorfahren, der Kinder und Kindeskinder. Selbst in Biografien erfährt man meist wenig Privates über historische Persönlichkeiten. Wie aber mag sich etwa Karoline Kaulla gefühlt haben, als sie 1770 den Posten von Joseph Süß Oppenheimer übernahm, den man gerade gehängt hatte? Und hat Agatha Streicher den verstorbenen Reformator von Schwenckfeld tatsächlich von Hand mit Schaufel und Hacke im Keller vergraben?

So nüchtern die historischen Dokumente im ersten Moment sein mögen – sobald man die staubigen, vergilbten Bücher früherer Zeiten aufschlägt, werden die fremden Gestalten vergangener Epochen plötzlich doch irgendwie lebendig, und man ahnt, was für Menschen sie gewesen sein müssen, aufsässig, schwermütig oder patent. Ob die Frauen malten, schrieben, sich der Medizin widmeten oder Millionen scheffelten, immer wieder stellt man fest, wie interessant diese so unterschiedlichen Biografien sind – und was für großartige Frauen in den vergangenen Jahrhunderten zwischen Mannheim und Konstanz, Karlsruhe und Ulm lebten. Intelligente, kreative, hochgebildete Frauen wie beispielsweise Karoline von Günderrode oder auch witzige und ironische wie die Autorin Ottilie Wildermuth oder Luise

Duttenhofer, die in ihren Scherenschnitten ihre Zeitgenossen frech karikierte.

Die zwanzig Frauen, die in diesem Buch vorgestellt werden, waren besonders, eigenwillig, fortschrittlich oder tragisch – und ihre Biografien sind es wert, erinnert und weitererzählt zu werden. Sie verraten viel von der Gesellschaft, in der sie lebten, wobei manche Spuren der vergangenen Epochen uns auch heute noch ganz selbstverständlich umgeben – ob es in Stuttgart die Hofapotheke ist, in der schon Maria Andreae wirkte, oder der Ulmer Sportverein, in dem die jüdische Hochspringerin Gretel Bergmann für die Olympischen Spiele 1936 trainierte.

In einer Sammlung außergewöhnlicher Frauen aus Baden-Württemberg dürfen einige Namen natürlich nicht fehlen – wie Sophie Scholl, Bertha Benz oder Margarete Steiff, die im Rollstuhl saß und es trotzdem geschafft hat, dass bis heute jedermann ihre Stofftiere mit Knopf im Ohr kennt.

Die meisten der porträtierten Frauen sind allerdings weitgehend vergessen, dabei waren ihre Leistungen zu ihrer Zeit durchaus anerkannt. Wer weiß schon noch, dass sich Friederike Luise Löfflers Kochbuch im 19. Jahrhundert zu Hunderttausenden verkaufte? Die Karlsruher Modeschöpferin Emmy Schoch verbreitete das Reformkleid in Deutschland, trotzdem findet man heute so gut wie keine Informationen über sie. Selbst Isolde Kurz, die zu ihrer Zeit eine renommierte, viel gelesene Autorin war, kennt man heutzutage jenseits von Tübingen kaum noch.

Auch wenn sie nicht immer die Chancen bekamen, die Männer hatten, waren diese Frauen keineswegs nur Opfer. Einige wurden gefördert und unterstützt von den Eltern oder Ehemännern, andere reizten ihre Möglichkeiten aus, so gut es ging. Und bei einem Großteil der Biografien zeigt sich: Viele dieser talentierten, herausragenden Frauen haben nicht geheiratet. Häufig lebten sie wie die Malerin Anna

Peters, die Konstanzerin Marie Ellenrieder oder die Ulmer Ärztin Agatha Streicher mit einer Schwester zusammen. Aber wer weiß, vielleicht haben sie das Leben ohne Mann und Kinder gar nicht als Verlust erlebt, sondern es insgeheim sogar genossen, ihren Neigungen nachgehen zu können – ohne Mann im Haus.

Adrienne Braun

Die Streicherin lockt im 16. Jahrhundert mit ihrer Heilkunst viele Persönlichkeiten nach Ulm.

AGATHA STREICHER

(1520–1581)

PROMINENTE ÄRZTIN

„Die Junckfraw darf unverhindert und frei raten und helfen."[1]

Die Kollegen, selbstverständlich allesamt männlich, schimpfen und spotten. Ausgerechnet eine Ärztin hat der Kaiser sich ans Krankenbett bestellt, irgendeine dahergelaufene Quacksalberin aus Ulm. Und was rät sie? Kaiser Maximilian II. solle auf den Wein verzichten. Dabei hat sein Leibarzt Crato von Krafftheim ihm doch eigens Wein verordnet. Agatha Streicher bereitet dem Kaiser stattdessen Kräutertees zu und verabreicht ihm allerhand Tröpfchen und Trunke.

Gestorben ist Maximilian zwar trotzdem, aber Agatha Streicher erleichtert dem Kaiser die letzten Wochen zumindest. Man habe ein Mädchen berufen, das große medizinische Kenntnisse haben soll, berichtet der kaiserlicher Oberkämmerer, es habe die Schmerzen des Kaisers durch warme Umschläge und allerlei Arzneimittel gelindert. Agatha Streicher, das Mädchen aus Ulm, ist überzeugt von der Naturmedizin. Schröpfen und Aderlass überlässt sie den Kollegen – ob diese sich darüber mokieren oder nicht.

Sie muss zeitlebens mit Anfeindungen der Kollegen fertig werden, aber es ist tatsächlich ungeheuerlich, was sich diese junge Frau herausnimmt. Agatha Streicher wird 1520 geboren als vermutlich jüngstes Kind einer wohlhabenden, angesehenen Ulmer Familie. Ihr Bruder Hans studiert Medizin – und Agatha hilft dem Bruder, die Patienten zu versorgen. Vermutlich haben auch Mutter und Großmutter ihr Wissen um die Naturmedizin an das Mädchen weitergegeben. In jedem Fall macht sich Agatha bald selbstständig und eröffnet eine eigene Praxis, die prompt floriert. Dieses Weib erwirbt sich schnell einen ausgezeichneten Ruf, behandelt Mitglieder des Adels und der Geistlichkeit. Und als sie auch noch ein Mittel gegen Blasensteine entwickelt, gilt Agatha Streicher als Wunderheilerin.

Viele Quacksalber sind im 16. Jahrhundert am Werk, Kurpfuscher und selbsternannte Heiler, denen die Politik das Handwerk legen will. Dem Ulmer Rat aber gefällt das Treiben der Jungfrau Streicherin, weil sie gut für das Image der Stadt ist. Denn Agatha Streicher hat einen renommierten Patientenstamm. Viele hochrangige Persönlichkeiten reisen eigens nach Ulm, um von ihr behandelt zu werden: die Prinzessin von Hohenzollern und der Bischof von Speyer, Graf Schwarzenberg und der Landvogt von Schwaben. Der Propst von Trient, ebenfalls von ihr kuriert, empfiehlt sie dem Kaiser, als dieser 1576 auf dem Reichstag in Regensburg schwer erkrankt. Das gefällt den Ulmern erst recht, der Rat lässt sogar ein Schiff mit Ofen und allerhand Bequemlichkeiten ausstatten, mit dem Agatha zum kaiserlichen Hoflager in Regensburg gebracht wird.

Vor allem eines aber schafft Agatha Streicher: Obwohl sie nicht studiert hat, einer Frau ist das schließlich nicht gestattet, wird sie offiziell zur Ärztin vereidigt. Nachdem die doctores medici allzu laut über die Heilerin ohne Zertifikat gewettert hatten, stellt der Rat ihnen die Streicherin kurzerhand gleich: 1561 wird sie zur Ärztin erklärt und legt als einzige nicht akademische Stadtärztin auf dem Ulmer Steuerhaus den Eid ab. Die nicht studierte „Junckfraw Agatha Streicherin" darf fortan „unverhindert und frei (...) raten und helfen"[2].

Agatha Streicher wird eine höchst angesehene Frau in der Ulmer Bürgerschaft des 16. Jahrhunderts, ihr Ruf reicht weit über die Stadtgrenzen hinaus. Verheiratet ist sie nicht, sondern lebt mit ihrer ebenfalls alleinstehenden Schwester Margarethe zusammen. Agatha ist quasi niedergelassene Internistin, sie operiert nicht, denn laut päpstlichem Edikt darf die Hand, die die Hostie hält, keine blutigen Eingriffe vornehmen.

Agatha Streicher fördert die Wirtschaft und soziale Einrichtungen, aber sie ist auch durchaus geschäftstüchtig. Die Schwestern steigen ins Kreditwesen ein. Niemand verleiht so viel Geld an Handelsherren, Krämer, Handwerker und andere Bürgerinnen und Bürger wie die Streicherin. Die Zinsen der immerhin zweiundfünfzig Kredite, die sie zwischen 1569 und 1581 gibt, stiftet Agatha zum Teil dem Heiliggeistspital.

Sie ist eben auch christlich gesonnen, sie weiß, was sie will – und steht aufrecht für ihre Überzeugungen ein, ob es nun um die Naturheilkunde geht oder um Religionsfreiheit. Agatha Streicher ist überzeugte Anhängerin der Lehre Caspar von Schwenckfelds. Der Reformator stellt sich gegen Luther und predigt geistliches Fühlen, Spiritualität und Toleranz. Agatha Streichers Haus wird zum zentralen Treffpunkt der Wiedertäuferbewegung. Caspar von Schwenckfeld wird aus Ulm verbannt. Als er schwer erkrankt, holt sie ihn trotzdem heimlich zurück und pflegt in bis zu seinem Tod in ihrem Haus. Sie soll ihn sogar im Keller beerdigt haben.

Dem Rat ist die „Streicherinsekte" mehr als suspekt. Die Ärztin gerät zunehmend unter Druck. Versammlungen und

Andachten in ihrem Haus werden verboten, der Rat droht mit schärferen Maßnahmen. Die angesehene Ärztin will man natürlich nicht verlieren, dafür wird ihre Haushälterin Susanna Hornung aus der Stadt verbannt. Streicher protestiert – vergeblich. „Susanna Hornungin" soll „sich innerhalb vierzehn tag außer der Statt hinweg ziehen"[3]. Die Stimmung gegen die Ärztin wird immer feindlicher.

Streicher aber ist es ernst mit ihrem Glauben. In ihrem Testament verfügt sie, dass die um des Glaubens willen Vertriebenen 800 Gulden erben sollen – wohlweislich, denn nach ihrem Tod verbannt der Rat alle noch verbliebenen Mitglieder der „Streicherinsekte" aus Ulm. 1581 stirbt Agatha Streicher ganz plötzlich, von einer Krankheit ist nichts bekannt. Sie hat ein beträchtliches Vermögen angehäuft, das sie in Teilen Helene Streicher vermacht, vermutlich die Tochter des Bruders. Aber Agatha bedenkt auch die Armen und Obdachlosen. Die Waisenkinder im „Fundenhaus" erhalten 1.000 Gulden, mit den Zinsen sollen die Jungen eine Lehre machen können.

Die berühmte Ärztin, die so vielen Menschen geholfen und Ulm großes Ansehen verschafft hat, bekommt keine würdevolle Beerdigung. Sie soll in einem Sarg ohne Deckel in die Erde kommen, so wird es im Ratsprotokoll festgeschrieben. Die einst Gefeierte gilt nun als Ketzerin und wird in einem unehrenhaften Begräbnis ohne kirchlichen oder städtischen Segen einfach verscharrt.

Alleinerziehend, streitlustig, selbstbewusst: Auch von den Folterwerkzeugen lässt sich die 1547 geborene Keplerin nicht einschüchtern.

KATHARINA KEPLER

(1547–1622)

UNVERBRANNTE HEXE

„Auf den Scheiterhaufen mit den alten Weibern!"[1]

Die Beweise sind schlagend. Um Mitternacht soll sie eine Kuh fast zu Tode geritten haben. Zwei Kinder, die sie berührt hat, sind gestorben. Und der Nachbarin hat sie mit einem Kräutertrunk Unterleibsleiden und Kopfschmerzen angehext. Kein Zweifel: Katharina Kepler ist eine Hexe. Man muss ihr den Prozess machen – und dann auf den Scheiterhaufen mit ihr!

Man hätte den Namen von Ursula Reinbold längst vergessen, wäre sie nicht so eine üble Denunziantin gewesen. Reinbold ist die Nachbarin von Katharina Kepler, der Mutter des berühmten Astronomen. Da Reinbold der Keplerin Geld schuldet, tut sie das, was viele Menschen in den rauen Zeiten des 16. Jahrhunderts tun: Sie bezichtigt die Keplerin der Hexerei. Gerade ältere und verwitwete Frauen sind die Sündenböcke für alles Elend, für Krankheiten, Hunger und Missernten. Da sowohl die katholische als auch die reformierte Kirche überzeugt ist, dass Hexen einen Bund mit dem Teufel geschlossen haben, ermuntert man die Bevölkerung sogar, die Inkarnation des Bösen aufzuspüren. „Auf den Scheiterhaufen mit den alten Weibern" lautet die Devise der Zeit. Im Fall der Keplerin finden sich denn auch einige, die ihr bereitwillig weitere Vergehen anhängen, die bestätigen, dass „die Käplerin ein hexin"[2] ist.

Katharina Kepler ist nicht beliebt. Streitsüchtig sei sie und von schlimmem Wesen, berichtet ihr Sohn Johannes. Klug ist sie zudem, aber auch von scharfem Witz, eine selbstbewusste, energische Frau. Katharina Guldenmann, so ihr Mädchenname, wird 1547 als Tochter eines reichen Bauern geboren, er besitzt den größten Hof im Ort, ist Wirt und Schultheiß von Eltingen. Katharina lernt schreiben und lesen, kennt sich früh aus mit Heilkräutern und Naturkunde – aber sie arbeitet selbstverständlich auch auf dem Hof und in der Gaststätte mit. Dort begegnet sie denn auch ihrem späteren Mann: Heinrich Kepler. Er ist Landsknechtshauptmann.

Eine Liebesheirat ist es nicht. Auch keine von langer Hand geplante Hochzeit zweier Menschen, die sich vorsichtig einander annähern. 1571 wird geheiratet, sieben Monate später kommt das erste Kind auf die Welt. Das Paar lebt in Weil der Stadt im Haus der Schwiegereltern – und es gibt ständig Streit. Johannes Kepler meint zwar später, astronomisch belegen zu können, dass er ein Siebenmonatskind gewesen ist, aber die Schwiegereltern werfen Katharina ihren unmoralischen Lebenswandel doch vor. Sie hätten sich für den Sohn eine bessere Partie gewünscht und nicht die Tochter eines Bauern und Kneipiers. Heinrich Keplers Vater ist schließlich Bürgermeister einer Reichsstadt, Katharinas Vater dagegen nur Schultes von Eltingen.

Am Geld fehlt es den Keplers nicht, und um den Streitereien zu entfliehen, zieht die junge Familie ins Württembergische und lässt sich in Leonberg nieder. Aber die Ehe ist alles andere als harmonisch, Katharina ist neugierig und zänkisch, ihr Mann ein unruhiger Geist, wild und leidenschaftlich und ständig in irgendwelche Streitereien und Händel verstrickt. 1574 läuft er davon und wird Söldner in Belgien, aber Katharina reist ihm nach und holt den Kerl zurück. Sie kaufen ein Haus in Leonberg. Doch 1589 verlässt Heinrich Kepler nach achtzehn Jahren Ehe endgültig seine Familie. Katharina ist da gerade Anfang vierzig.

Nur vier ihrer sieben Kinder überleben. Ein Sohn ist ein rechter Taugenichts, ihr Erstgeborener gehört dagegen zur hochbegabten Elite: Johannes bekommt sogar ein Stipendium des Herzogs. Auch er ist nicht immer einverstanden mit dem Wesen seiner Frau Mama. Ihn stört es, dass dieses kleine Kräuterweib gern streitet und ihre Nase in Dinge steckt, die sie nichts angehen. Aber Katharina ist durchaus auch eine gebildete und interessierte Frau, die ihrem Sohn so manches Naturphänomen, eine Mondfinsternis oder Kometen zeigt – und damit sein Interesse an der Astronomie weckt. Ihr ist es zu verdanken, dass er schließlich entdeckt, nach welchen Gesetzen sich die Planeten um die Sonne bewegen.

Als Katharina Kepler in Leonberg immer mehr Schwierigkeiten bekommt, holt der Sohn sie zu sich nach Linz, wo er inzwischen als Mathematiker am Hof von Kaiser Rudolf arbeitet. Nachdem sich Katharina von einer schweren Erkrankung erholt hat, besteht sie darauf, in die Heimat zurückzukehren. Also nimmt die Tochter Margarethe die Mutter in Heumaden auf. Der Schwiegersohn Georg Binder ist Pfarrer und betet nun täglich für seine Schwiegermutter, aber auch das hilft Katharina nicht: Die Keplerin wird eines

Tages verhaftet und abgeführt. Margarethe schreibt sogar noch an den Herzog und bittet ihn, ihre doch bereits 73-jährige Mutter vor dem harten Leben im Gefängnis zu verschonen. Es nützt nichts. Katharina wird in Ketten gelegt und im Leonberger Gefängnis am Oberen Tor eingekerkert.

Viele Familien, deren Frauen als Hexen beschuldigt werden, distanzieren sich von ihnen, um sich selbst zu schützen. Die Keplers aber halten zur Mutter und kämpfen. Doch die Vorwürfe mehren sich. Man missbilligt, dass Katharina seit der Trennung von ihrem Gatten ihren eigenen Mann steht und allzu selbstbewusst auftritt. Sie habe ihren Ehemann aus dem Haus vertrieben, heißt es. Man glaubt auch zu wissen, dass eine ihrer Tanten auf dem Scheiterhaufen verbrannt wurde. Bei ihr habe Katharina das Handwerk der „Unholdin" gelernt.

Stallvieh soll sie verhext, Lähmungen, Rheumabeschwerden, Hexenschüsse verursacht und Finger verrenkt haben. Sechzig Punkte umfasst die Anklageschrift. Johannes Kepler investiert zwei Jahresgehälter in den Prozess, der sich über sechs Jahre hinzieht. Er legt die Anklageschrift Tübinger Rechtsgelehrten vor, die von den sechzig Anklagepunkten nur noch sechs Punkte für tragfähig halten, wobei auch diese zur Todesstrafe ausreichen. Keplers Sohn Christoph und der Schwiegersohn, Pfarrer Binder, erheben eine Verleumdungsklage gegen die Nachbarin Reinbold. Die Stimmung in Leonberg ist schließlich so aufgeheizt, dass selbst der Herzog befürchtet, Katharina werde dort keinen gerechten Prozess bekommen. So ordnet er an, dass Katharina nach Güglingen verlegt wird.

Die Keplerin sei vor Gericht „leider in Begleitung ihres Herrn Sohnes erschienen"[3], notiert ein Gerichtsschreiber in einem Verhörprotokoll, und man hört das Bedauern heraus, dass man der Keplerin ärgerlicherweise nicht so einfach den kurzen Prozess machen kann. Trotzdem versuchen die Verfolger alles, um die Regierung Herzog Friedrichs von

Württemberg in Stuttgart zu überzeugen, dass die Keplerin verbrannt werden muss.

Zwischen 1533 und 1722 kommt es in Leonberg wegen Hexerei zu dreißig Anklagen, vierundzwanzig Verhandlungen und neun Todesurteilen. Die Hinrichtungen finden auf dem Lengenbühel statt, einem unbewachsenen Hügel auf dem Weg nach Renningen. Katharina Kepler aber gehört nicht dazu. Im Kerker besteht sie die unterste Stufe der Folter – das Zeigen der Folterinstrumente. Sie habe nichts zu bekennen, beschwört sie, fällt auf die Knie und betet ein „Vater unser". Trotzdem wird sie nicht entlassen. Also wenden sich die Kinder erneut an den Herzog, der schließlich Gerechtigkeit walten lässt. Eingekerkerte müssen gewöhnlich für den Gefängnisaufenthalt zahlen, nun erklärt der Herzog gar, dass die Vögte aus Leonberg und Güglingen die Kosten zu tragen hätten, sofern sie Katharina noch länger festhalten. Endlich kommt sie frei – nach vierzehn Monaten Gefängnis.

Nach der Entlassung zieht sie zu ihrer Tochter Margarethe und dem Schwiegersohn, inzwischen ist Katharina Mitte siebzig. Viel hat sie nicht mehr von ihrer Freiheit, ein Jahr später, 1622, stirbt sie – und überlebt doch in den Geschichtsbüchern als eine der wenigen Frauen, die dem Scheiterhaufen entgangen ist, obwohl sie mutig, trotzig, selbstbewusst war.

1607 wird die Mutter der Armen am Stuttgarter Hof angestellt.

MARIA ANDREAE

(1550–1632)

ALLEINERZIEHENDE APOTHEKERMAGD

„Mit männlicher Strenge“[1]

Der Mann hat Visionen. Tagelang sitzt er in seinem Labor, rührt Pülverchen, mixt Tinkturen, köchelt und destilliert mit großem Ziel: Gold will er herstellen. Johannes Andreae ist ein fröhlicher Mensch, liebenswert und gesellig, er liebt die Musik und irdische Freuden, ist großzügig auch Müßiggängern und Schmarotzern gegenüber und ansonsten ein eher gemütlicher Mann. Maria, seine Frau, schuftet und ackert dagegen, hält den Haushalt am Laufen und erzieht nicht nur die acht Kinder mit strenger Hand zu ordentlichen Christenmenschen, sondern macht wie nebenbei noch Karriere. Sie wird berühmt als Mutter der Armen. Das sieht man ihr allerdings auch an, so mager und verhärmt, wie sie ist.

Es ist nicht die beste Ehe, die Maria und Johannes Andreae führen. Aber Maria heiratet 1576 den Pfarrer Andreae auch nicht aus Liebe, sondern weil er der Sohn eines berühmten Theologen und Tübinger Universitätskanzlers ist. Maria besitzt immer schon einen gewissen Dünkel und legt Wert darauf, standesgemäß unter die Haube zu kommen. Schließlich stammt sie aus einer Bürgermeistersfamilie und bringt eine ordentliche Mitgift in die Ehe ein. Als ihr Mann allerdings bereits mit siebenundvierzig Jahren stirbt, muss Maria erschüttert feststellen: Er hat mit seinen albernen „Chymie"-Experimenten keineswegs Gold gewinnen können, sondern das gesamte Vermögen verbraten. Nun steht sie mit ihren Kindern da – mittellos und alleinerziehend.

Im Nachhinein betrachtet hatten die alchimistischen Eskapaden ihres Mannes aber doch ihr Gutes. Denn auch der württembergische Herzog Friedrich I. träumte vom großen Gold und wurde deshalb auf den evangelischen Abt von Königsbronn aufmerksam. 1598 stattete er dem Hobby-Alchimisten einen Besuch ab – und während die Männer über ihren Phiolen und Glaskolben saßen, plauderte die Herzogin Sibylla mit Maria Andreae – und dies war der Beginn einer langen Freundschaft.

Die Herzogin interessiert sich sehr für die Mutter der Armen. Denn auch Maria experimentiert auf ihre Weise – sie zieht Kräuter und stellt Arzneien, Heilgetränke und Säfte gegen allerlei Gebrechen und Krankheiten her. Die beiden Frauen bleiben nach dieser ersten Begegnung in Kontakt, Jahre später holt Herzogin Sibylla sie sogar nach Stuttgart. 1607 macht Maria Andreae dann richtig Karriere: Sie wird offiziell Apothekermagd bei Hofe. Damit ist sie zwar nicht die erste weibliche Apothekerin im Land, aber vermutlich die erste, die es zu einer Festanstellung bringt.

Dabei hat Maria Andreae nie studiert – selbst wenn sie das Zeug dazu gehabt hätte. Sie wird am 23. Oktober 1550 in Herrenberg geboren, der Vater ist Stadtvogt, die Mutter

Tochter des Bürgermeisters. Sie stirbt, als Maria neun Jahre alt ist – und die Großmutter, die alte Bürgermeisterin, nimmt sich der Kinder an und zieht im Haus des Schwiegersohns ein. Die Oma ist eine moderne Frau, den neuen Lehren Luthers zugetan und sozial engagiert. Es herrscht viel Not und Armut in diesen Jahren nach der Reformation, deshalb richtet die Großmutter im Haus der Familie ein Krankenzimmer ein, um den Bedürftigen zu helfen.

Und die kleine Maria, sie schafft und packt mit an, schleppt Kessel, Wassereimer und Töpfe, schrubbt die Wäsche für die Familie und die Patienten. Aber Maria ist auch ein kluges Mädchen, das wie nebenbei Lesen und Schreiben lernt, sich für Kunst und Wissenschaften interessiert, die Bibel und protestantische Schriften liest. Von der Großmutter erfährt sie vieles über Kräuter und Heilmittel und scheint das soziale Engagement bis zur völligen Selbstaufgabe von ihr übernommen zu haben. Noch dreimal heiratet ihr Vater, und auch nach dem Tod der Großmutter kümmert sich Maria um den Haushalt. Als sie selbst erst spät, mit fünfundzwanzig Jahren, heiratet – und allerlei Heilkräuter und Pflanzen aus Vaters Garten ausgräbt und mit nach Hagelloch nimmt –, lässt man diese tüchtige, emsige junge Frau nur ungern ziehen.

Als Kind soll Maria fröhlich gewesen sein, witzig, schalkhaft; später ist sie zunehmend gereizt und zornig. So berichtet es zumindest ihr Sohn, der seiner berühmten Mutter ein Buch gewidmet hat. Aus ihrem Lieblingssohn ist etwas geworden: Johann Valentin Andreae hat als Theologe und Schriftsteller den württembergischen Protestantismus geprägt und gilt als Vorbote der Aufklärung und des Pietismus. Er hängt sehr an seiner Mama, kann sich wohl auch nie ganz von ihr befreien. In seinen autobiografischen Schriften stilisiert er die sozial Engagierte fast zu einer Heiligen – freilich nicht ohne Eigennutz: Der Glanz der Heldenjungfrau, des guten Gewissens des Landes, sollte auch auf ihn strahlen und seine Karriere befördern.

Maria, die doch eigentlich als edle Bürgerliche die Armen unterstützt, gehört als Witwe plötzlich selbst zu ihnen. Damit etwas Geld reinkommt, bietet sie einen Mittagstisch für Studenten an – und verlässt sich außerdem auf die vermögenden Verwandten und alten Freunde ihres Schwiegervaters, des noch immer höchst geachteten Kanzlers. Obwohl ihr Mann das Vermögen durchgebracht hatte, gelingt es Maria Andreae letztlich, alle Kinder standesgemäß zu verheiraten und den Jungen die bestmögliche Ausbildung zukommen zu lassen.

Es klopfen auch Kandidaten an ihr Türchen, aber Maria will nicht noch einmal heiraten. Sie führt das Haus nun selbst mit männlicher Würde, wie der Sohn später berichtet – er nennt sie sogar Mannweib. Sie sei eine Frau wie ein Mann gewesen, religiös, herzensgebildet, arbeitsam, gegen Schicksalsschläge gewappnet. Maria Andreae ist hart im Nehmen, hart gegen sich selbst. Als eine der Mägde an einer Seuche erkrankt, schert sie sich nicht darum, ob sie sich anstecken könnte, sondern pflegt die Kranke persönlich im Haus.

Mit energischer Hand führt sie den Haushalt und findet Helfer und Vertraute, sodass der Vater gar nicht gefehlt habe und man „fast notwendig wohlgeraten musste"[2], wie der Sohn nicht ohne Eitelkeit berichtet. Als ein Freund vorschlägt, dass einer der Buben doch eine Lehre machen könne statt zu studieren, bricht Maria ganz gegen ihre Gewohnheit in Tränen aus, haut auf den Tisch und schreit, dass sie ihren letzten Schleier geben würde, um die Ehre der Familie aufrechtzuhalten und die Kinder studieren zu lassen. Ein akademischer Grad sollte schon sein.

Bereits nach dem Tod des Ehemannes hatte die Herzogin Maria nach Stuttgart locken wollen. Aber erst als alle Kinder aus dem Haus sind, startet Maria richtig durch – als Apothekerin und Hebamme. Die Herzogin ist ähnlich sozial wie Maria eingestellt, sie sieht ihre Apotheke auch als fürstliche

Wohlfahrtseinrichtung, in der arme Kranke kostenlos behandelt werden. Maria wird die „Mutter des Hauses", auch wenn sich die Hofleute mitunter lustig machen über ihre schlichte Art, sich zu kleiden. Sie nimmt es gelassen. Sie sammelt Blumen, legt sie in Wasser ein und destilliert ihre Heiltröpfchen, sie macht Obst und Gemüse ein, stellt Gewürze her oder spinnt Wolle. Ständig strebend bemüht.

Maria und die Herzogin stehen sich nah und führen viele Gespräche miteinander. Als Herzog Friedrich I. stirbt, nimmt die Herzogin die Freundin mit an ihren Witwensitz in Leonberg, wo Maria sich einen Ruf erwirbt als eine, die den Rechtschaffenen Zuflucht gewährt – und den Schlechten das Leben vergällt. 1614 stirbt auch die Herzogin Sibylla. Ihr Sohn versucht, Maria nun wieder zurück nach Stuttgart an den Hof zu locken, er macht ihr ein attraktives Angebot: freien Aufenthalt plus zusätzlich ein Jahresgehalt. Maria, die inzwischen vierundsechzig Jahre alt ist, fühlt sich der Aufgabe nicht mehr gewachsen und lehnt ab. Sie erhält vom Hof eine jährliche Pension. Ihr kleines Vermögen verteilt sie an ihre Kinder, bei denen sie nun abwechselnd wohnt.

Schließlich zieht Maria zu ihrem Lieblingssohn Johann Valentin, der inzwischen Dekan in Calw ist, wo er das Färberstift mitbegründet hat. Natürlich hilft die alte Frau auch hier wieder mit und liest erbauliche Literatur: jedes Jahr einmal die Heilige Schrift und Monat für Monat ihren Psalter, berichtet der Sohn. Sie geht erst zu Bett, wenn sie die Geschäfte für den nächsten Tag angeordnet hat. Sie trägt nur einfache Kleidung aus schlichten Stoffen. Und sie trinkt keinen Wein – Wasser bekomme ihr am besten.

Am 25. Januar 1632 stirbt Maria Andreae ruhig und friedlich, nachdem sie eine Woche krank gewesen war. Ihr Sohn Johann Valentin hält ihr Erbe hoch und ist ebenfalls sozial engagiert. Aber wegen seiner strengen Auslegung des Christentums und seiner radikalen Ideen für soziale Reformen eckt er bei Adel und Klerus häufig an. „Von Religion schwätzen kann jeder“, ist eines seiner berühmtesten Zitate, dem Glauben aber unterordnen würden sich die wenigsten. Er rechnet seine Mutter garantiert zu jenen, die ihren Glauben über alles stellen, wobei Maria Andreae bei all ihrem sozialen Engagement und ihrer strengen Frömmigkeit im Laufe der Jahre hart und kalt geworden zu sein scheint. Als ihr Sohn Jakob ein Jahr vor ihr stirbt – man hatte ihn ermordet –, soll sie zumindest nicht eine Träne vergossen haben.

Die 1739 geborene Hoffaktorin hat es weit gebracht.

KAROLINE KAULLA

(1739–1809)

GESCHÄFTSFRAU UND GELDJONGLEURIN

„An Weisheit und Rat bedeutender als jeder Mann"[1]

Einen besseren Ehemann hätte sie sich nicht wünschen können. Den lieben langen Tag ist er in seine religiösen Studien vertieft, liest in Thora und Talmud. Akiba Auerbach ist ein kultivierter, feiner Mann, er besitzt eine Pferdehandlung – und die 18-jährige Karoline weiß genau, warum sie ihn heiraten will. Auerbach überlässt ihr die Führung des Unternehmens. Und Karoline kann in aller Ruhe dem nachgehen, was sie bestens beherrscht: Geschäfte machen. So wird Karoline Kaulla nicht nur die erste bedeutende Unternehmerin in Süddeutschland, sondern auch die reichste Frau Deutschlands ihrer Zeit.

Können also auch Frauen ihren Mann stehen? Als die Raphaels 1739 ihr erstes Kind bekommen, hoffen sie natürlich auf einen Stammhalter und Sohn. Stattdessen bekommen sie ein Mädchen – Chaile nennen sie es, der hebräische Name für Karoline. Nach dem ersten Kind aber wird und wird Rebecca einfach nicht wieder schwanger – und so stecken die Eltern allen Ehrgeiz in ihr kleines Mädchen. Die Raphaels sind aufgeklärt und modern, sie gehören zur jüdischen Oberschicht. Um die kleine Karoline standesgemäß auszubilden, wird ein Hauslehrer eingestellt. Erst als sie elf Jahre alt ist, kommt endlich der erhoffte Sohn auf die Welt, Jakob, später folgen vier weitere Jungen. Aber Karoline ist ein so kluges und auffallend begabtes Mädchen, dass der Vater schon bald bemerkt, dass seine aufgeweckte Älteste das Zeug besitzt, in seine Fußstapfen zu treten.

Isaak Raphael wird Hoffaktor des Fürsten von Hohenzollern-Sigmaringen. Die sogenannten Hofjuden kümmern sich um die Geschäfte der Fürsten, sie beraten den Landesherrn in Finanzfragen, wickeln die Lieferungen für Hof und Heer ab. Mitunter sind sie auch in diplomatischer Mission unterwegs und nehmen Einfluss auf die Politik. Vor allem müssen die Hoffaktoren dafür sorgen, dass die hohen Herren immer flüssig sind – selbst wenn das Geld aus Krediten stammt.

Karoline wächst ins Geschäftsleben hinein, durch den Vater kann sie früh Kontakte knüpfen – und fällt dabei auch auf, weil sie hübsch ist. Vermutlich haben die Eltern der hoffnungsvollen Tochter zugestanden, bei der Wahl ihres Gatten ein Wörtchen mitzureden. Die Ehe mit Akiba Auerbach wird eine lange, vier oder fünf Söhne soll das Paar bekommen haben sowie eine Tochter – und Karoline bringt das Geld ins Haus.

Als 1760 ihr Vater bei einem Unfall stirbt, ist Jakob, der als ältester Sohn doch eigentlich die Firmennachfolge antreten soll, erst zehn Jahre alt. Somit ist klar: Karoline übernimmt das Geschäft – und hat nun neben dem Pferdehandel ihres Mannes auch noch die Verantwortung für das elterliche Unternehmen. Dabei ist sie gerade einmal Anfang zwanzig. Aus Chaile wird Kaulla – und weil der neue Nachname Kaulla für ein erfolgreiches Unternehmen steht, nennen sich auch die anderen Familienmitglieder und Karolines Brüder künftig Kaulla, sogar ihr Mann. Sie selbst wird zur berühmten „Madame Kaulla".

1768 wird Madame Kaulla Hoffaktorin, so wie ihr Vater einst Hoffaktor war. Sie ist fortan die Hofjüdin des Fürsten zu Fürstenberg in Donaueschingen. Die Dame ist ehrgeizig und tritt 1770 als herzoglich-württembergische Hoffaktorin die heikle Nachfolge des berühmten Hoffaktors Joseph Süß Oppenheimer an. Der wurde hingerichtet infolge einer üblen Mischung aus Neid, Hass und antisemitischen Ressentiments.

Ihr Handelshaus expandiert, und Madame Kaulla baut ihren Bruder Jakob zum Teilhaber auf, er wird ihr Stellvertreter. Die „Kaulaische Famill" handelt mit Pferden, Juwelen und Silber – und verdient zudem sehr gutes Geld mit Krediten. Natürlich sticht der Reichtum der Madame Kaulla Fremden ins Auge – zumal man Juden gegenüber ohnehin missgünstig ist. Sie unterhalte in ihrem prächtigen Haus eine eigene Equipage und spiele eine große Frau, heißt es mitunter. Denn tatsächlich reist Madame Kaulla inzwischen in einer komfortablen Karosse, wie sie nur Reiche und Vornehme besitzen. Aber warum auch nicht, sie hat sich ihren Wohlstand selbst erarbeitet und ist viel unterwegs, oft begleitet sie die Pferdelieferungen selbst. Während der Kriege, die auf die Französische Revolution folgen, muss sie manchmal sogar das feindliche Lager durchqueren. Als ihr dabei einmal französische Reiter entgegenkommen, versteckt sie sich zwei Tage und Nächte in einem Bretterschuppen.

Aber Karoline Kaulla ist nicht nur eine versierte Geschäftsfrau, zupackend und mutig, sondern auch wohltätig. Sie verteilt Almosen an die Armen – unabhängig von deren Religion. Sie setzt sich für die jüdische Gemeinde in Hechingen ein und finanziert ein Heim für umherziehende arme Juden. Sie gründet eine Talmud-Schule und stiftet eine Bibliothek. Das ist gut fürs Image der Familie und verschafft ihr sowohl bei Christen Respekt als auch in der jüdischen Gemeinde. Über Jahrzehnte ist ihre Stimme die wichtigste bei der Wahl des Rabbiners.

Aber man muss sich nichts vormachen: Einen Großteil ihres Vermögens hat Madame Kaulla mit schmutzigen Geschäften gemacht – wie so viele andere auch. Sie verdient am Krieg. Ihre Firma versorgt die Reichsarmee, liefert den Proviant an die Regimenter in Süddeutschland bis hinauf in die Niederlande, sie organisiert die Lieferungen der Pferde und Waffen und schließlich auch noch der Uniformen der Offiziere. Die Häuser, die die Kaullas in der Stuttgarter Schlossstraße besitzen, genügen längst nicht mehr, sie brauchen mehr Platz, mehr Lagerraum, mieten weitere Räume an und kaufen auch den Fruchtkasten am heutigen Schillerplatz hinzu.

Karoline Kaulla und ihre Brüder managen ihren Großbetrieb mit höchster Professionalität. Die Gewinne sind enorm und ermöglichen ihnen nun auch, in großem Stil ins Finanzgeschäft einzusteigen. Der Krieg kostet, die Familie gewährt Kredite in Millionenhöhe – und kassiert kräftig Zinsen und Provisionen.

Der Kaiser soll Madame Kaulla einmal gefragt haben, ob sie in den Adelsstand erhoben werden wolle. Karoline lehnt ab, weil sie Angst hat, dass sich ihre Familie dadurch vom jüdischen Glauben entfremdet. Stattdessen wird sie mit der großen kaiserlichen Zivilverdienstmedaille an goldener Ehrenkette ausgezeichnet. Karoline Kaulla hat es geschafft, als Jüdin gesellschaftlich aufzusteigen.

Trotzdem weht der jüdischen Familie immer wieder ein rauer Wind aus der Bevölkerung entgegen. Und es kommt zu Protesten, als die Kaullas den Hofschutz für die württembergischen Residenzen Stuttgart und Ludwigsburg bekommen, der ihnen manche Freiheit gewährt, steuerliche Vergünstigungen bietet und die Möglichkeit, bei Hofe zu wohnen. Die Aufregung ist so groß, dass der Herzog das Privileg zurücknehmen muss. Dennoch lässt er die Kaullas bei ihren Besuchen in Stuttgart in einem seiner Häuser wohnen. Schließlich erhält die Familie „aus besonderer Gnade und als Ausnahme von der Regel" die vollen Rechte als württembergische Untertanen.

1802 begründen die Geschwister in Stuttgart ihr eigenes Bankhaus „M & J. Kaulla", das auch die Geldgeschäfte des Hofes abwickelt und das Privatvermögen des Königs verwaltet. Dass Baden-Württemberg heute zu den wohlhabenden Ländern gehört, verdankt es letztlich auch den Kaullas. Ohne deren Kredite hätten sich Gewerbe und Industrie im Land nicht so gut entwickeln können. Nach mehreren Fusionen geht die Bank der Kaullas in den 1920er-Jahren in der Deutschen Bank auf.

Madame Kaulla stirbt am 18. März 1809 und wird in Hechingen beerdigt. Sie sei ein „seltenes, reines Weib"[2] gewesen, steht auf ihrem pompösen Grabmal, sie habe sich unter Königen einen guten Namen erworben und sei „an Weisheit und Rat bedeutender als jeder Mann"[3] gewesen.

Kochen im 18. Jahrhundert: Die Löfflerin will Frauen die Arbeit erleichtern.

FRIEDERIKE LUISE LÖFFLER

(1744–1805)

PRAGMATISCHE KOCHBUCHAUTORIN

„Pünktlich, gründlich, bodenständig."

Die Mandelmaultaschen klingen köstlich. Dick wie ein Messerrücken wird der Butterteig ausgerollt. Mandeln, fein gerieben, werden mit Zucker und Eiern gerührt – und bevor die Maultaschen in den Ofen kommen, müssen sie mit Ei lackiert und mit gestoßenem Zucker bestreut werden. Warm und duftend werden sie gereicht – und dazu vielleicht noch Kompott oder flambierte Himbeeren serviert.

Wenn Friederike Luise Löffler Mandelmaultaschen auf den Tisch bringen will, muss sie sich Zeit nehmen, viel Zeit. Denn allein die Mandeln kann sie nicht in Hundert-Gramm-Tüten bei Aldi holen, sondern muss sie selbst in Handarbeit schälen und mahlen – indem sie sie mit kochendem Wasser übergießt, fest zugedeckt kurze Zeit stehen lässt und die lose Haut abzieht. Wenn sie dann die gemahlenen Mandeln mit Zucker und den Eiern verrührt, so tut sie das mit schierer Muskelkraft und exakt eine Viertelstunde lang.

Friederike Luise Löffler legt Wert auf Genauigkeit, auf Ordnung und Präzision. „Pünktlich und gründlich" lautet ihre Devise. Nachlässigkeiten und Schlampereien gibt es in ihrer Küche nicht: Geschirr, betont die Löfflerin, müsse nach jedem Gebrauch sorgfältig gereinigt und wieder an seinen Platz gestellt werden.

Man hätte Friederike Luise Löffler belächeln können, sie als etwas zwanghaft abstempeln, aber die Hausfrauen ihrer Generation sind dankbar für Tipps wie jenen, dass eine Küche luftig, hell und geräumig sein solle. Und: Bequem sei es, an den Wänden Bretter, Gesimse und dergleichen zur Aufstellung des Geschirrs und einen Schrank für das Porzellan zu haben.

Man ahnt, wie die Küchen in Kürnbach, Unteröwisheim oder Oberderdingen ausgesehen haben werden: düster, rußig, unwirtlich. Die schwitzenden Hausfrauen und Küchenhilfen hieven schwere Kasserollen und Töpfe auf den Holzofen, und wenn sie eine gehaltvolle Mehlspeise ins Rohr schieben, so haben sie den Teig zuvor zusammengerührt, wie es sie Mutter, Großmutter und große Schwestern gelehrt haben: Man nehme eine Menge Mehl, einige Eier, ordentlich Butter und Pi mal Daumen Zucker und backe den Teig in angemessener Zeit aus. Hauptsache, nicht zu lang und nicht zu kurz.

Die Genauigkeit liebende Friederike Luise Löffler gibt den Frauen, was die bisher mitunter schmählich vermisst haben: nackte Fakten. Sie schreibt das erste Kochbuch, das die ungeübte Küchennovizin genauso nutzen kann wie die abgebrühte Haushälterin. 1791 kommt in Stuttgart beim privilegierten Antiquar Johann Christoph Betulius Löfflers „Neues Kochbuch oder geprüfte Anweisung zur schmackhaften Zubereitung der Speisen, des Backwerks, der Confecturen, des Gefrornen und Eingemachten" heraus. Vielen Kochbüchern wird vorgeworfen, ungenau und unzuverlässig zu sein. Zu Recht, denn die meisten seien ohne Prüfung und Urteil nur abgeschrieben, meint Löffler, und will es anders machen. Beim Verfassen ihres Kochbuches habe sie sich allein auf ihr Gedächtnis und ihre eigene, lange Erfahrung verlassen, betont sie.

Da spricht eine durchaus selbstbewusste Frau, eine, die Ende vierzig ist, eine stolze Karriere hinter sich hat und weiß, was sie kann. Löffler ist erste Köchin am herzoglich-württembergischen Hof. „Herrschaftliche Beschließerin" nennt sich das offiziell, und als Landschaftsköchin am Hofe Herzog Carl Eugens betreibt sie sozusagen die Kantine der Politiker und bekocht die Abgeordneten, die „Landschaften" genannt werden. Und das tut sie ausgezeichnet.

Wie wäre es etwa mit gespickter Kalbsschale in Rahmsoße? Oder mit Leberklößen und Hopfensalat? Löffler weiß, wie man Krebseuter und Krebsmus zubereitet, Jungferncreme, Trüffel und Pomeranzenbrot. Sie steht bereits im 18. Jahrhundert für Fusionsküche – schwäbisch-französische Küche, schließlich regiert Carl Eugen in den Hochzeiten des Absolutismus und konkurriert mit den anderen europäischen Höfen.

Aber Löffler verbindet mehr: High and Low, Regionales und Internationales, sie kennt die schwäbische, die badische, aber auch die hessische Küche von der Pike auf. Sie ist in Kürnbach bei Bretten geboren – und das evangelische Örtchen mit Wasserburg lebt sechshundert Jahre lang als eine staatsrechtliche Kuriosität: Kürnbach ist Kondominatsgemeinde – ein Teil des Dorfes gehört zu Hessen, der Rest zu Baden. Die Küchen werden sich gemischt haben.

Friederike Luise Löffler wird hier 1744 als Tochter aus besserem Hause geboren. Der Vater ist Apotheker. Man wohnt in einer Doppelhaushälfte in der Oberen Gasse – und neben der Apotheke sind die „Drei Mohren". Das hübsche Töchterchen bekommt nicht nur mit, wie der Vater Kräuter, Pulver und Tinkturen anrührt, sondern auch, wie nebenan Hasenragout und grüne Ochsenzunge zubereitet werden.

Sie weiß, dass Koch- und Heilkunst mitunter nah beieinander liegen – und bei ihren Kochrezepten achtet sie durchaus auch darauf, dass man nach dem Speisenverzehr nicht noch ein Arztrezept benötigt. In späteren Ausgaben ihres Kochbuchs wird sogar der Krankenkost ein Kapitel gewidmet – mit Rezepten für Apfel- und Gerstenschleimwasser, Kraftsulz, leichten Kartoffelbrei und Tomatentunke.

Dass das Mädchen aus Kürnbach ausgerechnet am Hof Carl Eugens landet, könnte sie dem Onkel verdankt haben. Der führt in Bietigheim die „Sonne", eine Gastwirtschaft mit ausgezeichnetem Ruf, in der nicht nur die Bietigheimer Honoratioren schlemmen, sondern auch vornehme Reisende Station machen. Friederike hospitiert häufig in der Küche der „Sonne" – und vermutlich stellt der Onkel die nötigen Kontakte her, sodass die talentierte junge Frau in die herzogliche Ökonomie in Hohenheim einzieht.

Die Abgeordneten der Landschaften sind in jedem Fall begeistert, nicht nur von den Kochkünsten der Friederike Luise Löffler, sondern auch von der jungen Frau selbst, die eine durchaus aparte Erscheinung ist. Das entgeht auch dem Herzog Carl Eugen nicht. Die Löfflerin, die für die hohen Herren an ihren Tischen wenig übrig hat, heiratet 1779 holterdiepolter – „ohne Proklamation, in aller Stille und vermöge herrschaftlichen Befehls"[1]. Sie ist bereits fünfunddreißig Jahre alt – und als schon bald ihre Tochter Henriette Rosine auf die Welt kommt, wird ins Kirchenbuch „vorzeitige Empfängnis“[2] eingetragen.

Angeblich ist der Vater und Ehemann Johann Friedrich Löffler, der in der herzoglichen Garde zu Pferde Trompete und Pauke spielt. Aber es wird gemunkelt, dass nicht er der Erzeuger ist, sondern dass Carl Eugen den Trompeter mit Geld zur Heirat bewegt haben soll. Der Herzog ist bekanntermaßen ein Schwerenöter mit zahllosen illegitimen Kindern. Allein siebenundsiebzig „natürliche Söhne“ hat er offiziell anerkannt.

Die Tochter tritt später in die Fußstapfen ihrer Mutter und bringt ein eigenes Kochbuch heraus: „Henriette Löfflers kleines illustriertes praktisches Kochbüchlein für die Puppenküche“. Damit erfindet sie eine neue Buchgattung, die extrem erfolgreich ist, schließlich kommen in der Mitte des 19. Jahrhunderts Puppenherde auf. Und wie die Mütter sollen auch die kleinen Mädchen tüchtig an ihren Miniaturherden köcheln können.

„Hausfrau“ ist damals kein Schimpfwort, und Löffler ist es ein ernsthaftes Anliegen, junge Mädchen zu guten Hausfrauen heranzubilden. Damit es der Familie gut geht, sei das Wichtigste die richtige und schmackhafte Bereitung der Nahrungsmittel, meint sie, und hält das für die wesentliche und schwierige Aufgabe einer jeden Hausfrau. Löffler geht es aber keineswegs nur ums Kochen, sondern auch um das Falten der Servietten. Ein Mundtuch, erklärt sie, werde dreieckig zusammengelegt, dann der untere Teil etwa acht Zentimeter aufgeschlagen, hierauf von der linken Seite her hohe Falten aufgenommen und das Mundtuch in ein Glas gestellt.

Löffler schreibt schnörkellos, griffig und kompetent, man merkt ihren Rezepten aber an, dass sich die Autorin auch auf herrschaftlichem Parkett zu bewegen versteht. Das gefällt dem aufstrebenden Bürgertum durchaus – und so avanciert ihr Kochbuch zum Bestseller. 38-mal wird es neu aufgelegt, wobei die Autorin es jedes Mal wieder überarbeitet und verbessert – und dabei mehr Rücksicht nimmt auf die Zubereitung einer schmackhaften, gesunden und zweckmäßigen Hausmannskost. Für einen guten Geschmack, der weder derb noch überfeinert sein soll.

Das Kochbuch macht Furore. Die Auflage geht in die Hunderttausende. Die Bücher verbreiten sich nicht nur in Württemberg, Baden, Bayern und am Rhein, sondern auch im übrigen Deutschland und der Schweiz, wie Löffler erfreut im Vorwort einer der späteren Ausgaben schreibt. Und sie konstatiert stolz, dass ihr Rezeptwerk sogar vielfach die Reise nach Amerika und über das Schwarze Meer mache zu den dort lebenden Deutschen. Keine Frage: Die Löfflerin ist eine Berühmtheit geworden.

Über den Menschen hinter dieser Starköchin ist dennoch so gut wie nichts überliefert, die Geschichtsschreiber scheren sich nicht um herrschaftliche Beschließerinnen. Bei allem Erfolg scheint sie bescheiden geblieben zu sein – und überzeugt, dass ihr Buch nicht mehr als eine Handreichung sein kann. Übung macht den Meister, ist sie sich sicher, gerade das Kochen lerne man am Feuerherd und in der Küche und nicht aus Büchern allein. Deshalb gibt sie auch Kochkurse. Einen davon hat die Schriftstellerin Ottilie Wildermuth besucht – 1833 im Stuttgarter Sonnengässle, dort, wo heute das Rathaus steht.

Auch wenn viele Rezepte sehr üppig sind und nicht an Eiern oder Butter gespart wird, hat Löffler auch den Spitznamen „sparsame Löfflerin", weil sie sehr wohl an jene denkt, die sich keine so aufwendigen Gerichte leisten können. Man möge das seinem Geschmack und Geldbeutel Angemessene auswählen und ihre Angaben nötigenfalls vereinfachen, mit weniger Aufwand an Butter, Eiern, Zucker und Gewürz, empfiehlt sie.

Heute wäre Löffler vermutlich eine Grüne mit Einschlag ins Konservative. Sie rät zum Kauf von Aluminiumgeschirr, weil es billiger als Nickel sei und sich „vortrefflich“ halte. Und weil das Gas für die neuen Gasherde ein rares Gut ist, denkt sie auch ans Energiesparen und empfiehlt eine Kochkiste, in der zum Beispiel das Sauerkraut nachgaren kann. Wer nicht einfach eine Kochkiste in einem der „Haushaltungsläden“ kaufen wolle, könne selbst eine Kiste mit Dichtmaterial füllen, so die Löfflerin. Ob man Heu, Holzwolle oder Zeitungspapier verwende, sei einerlei, Hauptsache, dass so fest als möglich gestopft wird. Zu fest könne gar nicht gestopft werden.

1805 stirbt Friederike Luise Löffler mit einundsechzig Jahren in Stuttgart – und hinterlässt der Nachwelt mehr als 1.700 Rezepte, die noch Generationen später nachgekocht werden. Manches wäre auch heute einen Versuch wert, sei es der eingelegte Blumenkohl in Essig oder die Mokkatorte. Bei der Löfflerin kann man übrigens auch lernen, wie man Ostereier färbt – ohne Fertigmischung: einfach Zwiebelschalen ins Kochwasser geben. Bis die Eier hart gekocht sind, färbt sich die Schale schön gelb bis braun, das sei eine alterprobte Art.

Simanowiz, 1759 in Schorndorf geboren, reist allein ins schillernde Paris.

LUDOVIKE SIMANOWIZ

(1759–1827)

WELTGEWANDTE PORTRÄTMALERIN

„Zum schnöden Gelderwerb verdammt."

So richtig ernst ist es ihr mit der Liebe dann doch nicht. Sicher, schon mit siebzehn Jahren hat sich Ludovike in Franz verliebt. Es ist ausgemachte Sache: Sie wollen heiraten, ihr Leben miteinander verbringen. Wäre da nicht Paris, diese aufregende Metropole, in der Ludovike Künstler, interessante Persönlichkeiten und geistreiche Köpfe kennenlernt.

Wo sie sich ganz der Kunst widmen kann. Die Monate gehen dahin, Franz fängt allmählich an zu drängeln, wann sein „Vikele“ denn endlich nach Stuttgart zurückkehre. Sie will ihn ja heiraten, aber muss es schon jetzt sein?

Es ist ungewöhnlich, dass Ludovike Simanowiz als junge Dame allein nach Paris reist, um sich dort der Kunst und dem aufregenden Geistesleben widmen zu können. Aber diese besondere Frau, die 1759 in Schorndorf geboren wird und in Ludwigsburg aufwächst, macht ohnehin nichts comme il faut. Schon als Mädchen wird ihr Talent entdeckt, und sie beschließt, Malerin zu werden. Ihre Familie besteht vor allem aus Ärzten und Apothekern, trotzdem unterstützt man sie. Eigentlich ist es undenkbar, dass eine Frau heiraten und gleichzeitig künstlerische Karriere machen kann – Ludovike Simanowiz gelingt es. Kaum hat sie ihren Franz geheiratet, packt sie auch schon wieder die Koffer und fährt zurück nach Paris. Franz gewährt es seinem „Vikele“.

Ludovike Simanowiz ist eine sympathische junge Frau, beliebt, klug und aufgeweckt – und sie scheint über genug Charme und Selbstbewusstsein zu verfügen, um sich schon bald als Porträtistin einen Namen zu machen. Die Voraussetzungen sind gut: Nach der Konfirmation zieht sie zu ihrem wohlhabenden Onkel nach Stuttgart in die Büchsenstraße. Natürlich muss sie auch im Haushalt anpacken und schwingt das Bügeleisen angeblich so versiert wie den Pinsel.

Aber der Onkel ist Leibmedikus des Herzogs und hat gute Beziehungen in die höfischen Kreise. Obwohl sie ein Mädchen ist, darf Ludovike deshalb Unterricht nehmen bei dem berühmten Hofmaler Nicola Guibal. Herzog Carl Eugen hat den Franzosen nach Württemberg geholt, wo er unter anderem die Deckengemälde im Schloss Solitude und im Seeschloss Monrepos anfertigt. Die Gunst der Stunde spielt ihr dabei zu: Ende des 18. Jahrhunderts gewinnt das Bürgertum an Einfluss. Wer es sich leisten kann, will sich nun wie die großen Herrscher auf Porträts verewigen lassen.

Deshalb sind Porträtisten begehrt, selbst wenn sie weiblich sind.

Ludovike erhält schon bald erste Auftragsarbeiten, sie darf sogar Franziska von Hohenheim malen, eine Art Ritterschlag. Trotzdem fühlt sie sich noch nicht reif genug, will mehr lernen, ihre Fertigkeiten verbessern und reist dazu ins große Paris. Sie ist euphorisiert, genießt es, sich ungestört ihrer Kunst widmen zu können, aber auch der ungezwungene Lebensstil in Paris begeistert sie. Fernab der Familie wohnt sie im Hause der Sängerin Helene Balletti. Sie kennen sich noch aus Jugendzeiten. Helene soll nach Paris geflüchtet sein, um den ewigen Nachstellungen des geilen Herzogs Carl Eugen zu entkommen.

Ludovike geht bei dem Porträtisten Antoine Vestier in die Lehre und lernt Künstler, Schriftsteller, Philosophen kennen, die sich mit den freiheitlichen Gedanken der Aufklärung, mit Rousseau und der Revolution beschäftigen. Wo sie auch hinkommt, Ludovike ist eine beliebte Gesprächspartnerin, die gleichermaßen über Kunst, Haushalt und Politik parlieren kann.

Als Ludovike nach ihrer Hochzeit allerdings erneut ins geliebte Paris reist, sind die schönen Zeiten passé. Vorbei ist die Aufbruchstimmung, nichts erinnert sie mehr an das inspirierende Flair, das sie während ihres ersten Besuchs so genossen hatte. Die politischen Verhältnisse haben sich verändert, Robespierre führt nun ein Schreckensregiment. Ludovikes Freundin Helene hat die Stadt wegen der Unruhen verlassen – und Ludovike findet sich allein im Palast de Lacoste wieder, in dem nur der Portier und die Köchin noch die Stellung halten.

Ludovike ist eine überzeugte Demokratin, sie hatte die Revolution begrüßt. Jetzt muss sie miterleben, wie die Tuilerien erstürmt werden, wie die Meute tobt und es zu roher Gewalt kommt. Das Morden ist in Paris alltäglich geworden – und alle Illusionen sind dahin. Ein Freund hilft ihr, Paris zu verlassen und in die Normandie zu flüchten. Hauptsache zurück in die Heimat, nach Württemberg. Adieu, ihr schönen Zeiten!

Ludovike Simanowiz hat eine verklärte, idealistische Vorstellung von einem Leben, das ganz und gar der Kunst geweiht ist. Malerei nicht als schnöder Broterwerb. Sie fühlt sich bei ihren Porträts in die Menschen ein, zeigt deren Wesen – und nicht nur den gesellschaftlichen Rang. Friedrich Schiller malt sie nachdenklich im Sessel sitzend. Sie kennt den Dichter von Kindesbeinen an, sie haben einige Jahre im gleichen Haus gewohnt. Auch Schillers Frau und seine Mutter lassen sich von ihr porträtieren. Die Mutter, schreibt Friedrich begeistert, habe Ludovike genauso getroffen, wie er sie kenne.

Friedrich Schiller ist ein Bruder im Geist. Auch er hat hehre Vorstellungen von der Kunst. Groß und autonom soll sie sein – und kann deswegen nicht wie eine profane Handelsware mit Geld entlohnt werden. Deshalb ist es Schiller höchst unangenehm, Ludovikes Porträts zu honorieren. Er schickt ihr trotzdem Geld, aber nur, um ihr die Kosten für Farbe und Leinwand zu erstatten, „denn die Kunst kann und will ich Ihnen nicht bezahlen“[1].

1799 erleidet ihr Ehemann Franz einen Gehirnschlag. Seine Beine sind gelähmt, er wird zum Pflegefall. Man entlässt ihn zwar mit großen Ehren aus dem Dienst, seine Pension aber ist lausig und reicht nicht annährend zum Leben, zumal die Bäder und Trinkkuren, die ja doch keine Heilung bringen, teuer sind. Nun muss Ludovike das tun, was sie immer verabscheut hat: Sie muss die Kunst als profanen Gelderwerb betreiben. Sie muss sogar unterrichten und nimmt ihre Schülerinnen bei sich auf, um sie zugleich in den Haushalt einzuführen. So sehr sie die Gespräche mit den jungen Frauen schätzt, das Unterrichten ist ihr so lästig wie unangenehm.

Achtundzwanzig Jahre wird Ludovike ihren Mann pflegen, der zum Nichtstun verdammt ist und seine Verzweiflung auch an seinem „Vikele“ auslässt. Aber Ludovike, die in Paris doch das mondäne, freie Savoire-vivre so geliebt hat, erweist sich nun als erstaunlich pragmatisch und zäh. Sie schuftet, so gut sie kann, und schafft es sogar, Land zu erwerben. Das bringt Pachtzinsen ein, sodass sie den leidigen Malunterricht reduzieren kann. Mit viel Fleiß gelingt es ihr, dass ihr Mann und sie unabhängig leben können.

Das ist viel wert in diesen schweren Zeiten. In Württemberg herrscht Armut, die Kriege haben das Land ausgelaugt. Ludovike und Franz ziehen nach Ludwigsburg, im Sommer besuchen sie häufiger für mehrere Wochen Schwester und Schwager in Erdmannhausen. Deren Pfarrhaus ist nicht nur gastfreundlich, sondern auch Treffpunkt für politische Köpfe, die das strenge Regiment des württembergischen Königs ablehnen. Auch ihre alte Freundin Christophine Schiller kommt häufig zu Besuch.

Ludovike kennt viele Geistesgrößen. Sie ist mit der Pianistin Regine Voßler befreundet, debattiert mit der Schriftstellerin und Frauenrechtlerin Caroline Paulus über die Benachteiligung der Frauen und trifft Christiane Hegel, die Schwester des Philosophen. Mehrfach besucht sie auch den renitenten Dichter Christian Friedrich Daniel Schubart, der auf dem Hohenasperg eingesperrt ist. Er besingt sie in Gedichten als „Stern der ersten Größe“ und „Zauberin mit der Farbe“[2].

Auch wenn Ludovike sich im Alter zunehmend ins Private zurückzieht, interessiert sie sich weiterhin für Politik, Literatur und Philosophie und liest gern – Biografien oder Reisebeschreibungen. Sie pflegt ihre Freundschaften und schreibt zahllose Briefe, in denen sie aber nie über ihre Situation klagt. Auch wenn es in ihrem Leben nicht mehr um Kunst und große Ideale geht, ist Ludovike nicht verbittert, sondern fromm. Sie ist überzeugt, dass man bescheiden sein muss, um zufrieden werden zu können. Ludovike ist am Leben gereift.

Als Franz 1827 stirbt, zieht es ihr aber doch den Boden unter den Füßen weg. Jeden Gedanken, alle Gefühle haben die Eheleute miteinander geteilt. „Ach, wie kann man wieder heiter werden?“[3], schreibt sie an ihre Schwägerin. Lang muss sie aber nicht mehr ohne ihren Franz leben. Keine drei Monate nach seinem Tod bekommt sie eine Erkältung, an der sie sanft und friedlich in den Armen ihrer Schwester stirbt.

Die 1776 geborene Waiblingerin hätte gern die Kunstakademie besucht.

LUISE DUTTENHOFER

(1776–1829)

SATIRISCHE SCHERENSCHNEIDERIN

„Im Ausschneiden aus freier Hand bis zur Virtuosität gebracht."[1]

Manchmal hat sie sich selbst dargestellt – als die antike Königstochter Psyche. Bei einem ihrer Scherenschnitte ist Amor dabei, ihr als Psyche die Flügel zu stutzen. Die Botschaft ist deutlich: Höhenflüge sind Luise Duttenhofer nicht vergönnt. Ihrem Gatten sehr wohl. Auf einem anderen Bild heftet Psyche ihm Flügel an die Fersen. Sie hat Talent, er nicht. Trotzdem ist es nur dem Manne vergönnt, sich aufzuschwingen und quasi zum Olymp zu fliegen.

Luise Duttenhofer hat es nie verwunden, dass sie ihr Können nicht ausleben konnte. Sie darf nicht Malerin werden, obwohl sie das Zeug dazu hat. Selbst im Alter treibt es ihr noch die Tränen in die Augen, als sie bei einem Besuch in München sieht, wie Schülerinnen und Schüler in der Akademie sitzen und zeichnen. „Warum ward denn so etwas mir nicht auch vergönnt!“[2], klagt sie und weiß es ja doch: weil sie eine Frau ist.

Christiane Luise Hummel wird 1776 in Waiblingen geboren. Ein Einzelkind. Nachdem der Vater stirbt, wächst sie mit Mutter und Oma in Stuttgart in einem Frauenhaushalt auf. An ihrer Bildung wird gespart, Bücher sind Mangelware, mehr als eine Bilderbibel und ein Geschichtsbuch stehen nicht bereit. Stattdessen muss Luise viele unverständliche Predigten in der Kirche absitzen – und studiert aus Langeweile die gotischen Ornamente, die sie daheim aus Papier ausschneidet. Es sind ihre ersten Scherenschnitte.

Als Luise mit achtzehn Jahren alles versucht, um an die Stuttgarter Kunstakademie gehen zu dürfen, weist die Familie das mit Entrüstung zurück. Luise fügt sich, notgedrungen. Malerin hätte sie werden wollen, so aber bleibt Luise nur der Scherenschnitt, auch wenn ihr schmerzlich bewusst ist, dass das keine Kunstgattung von Rang ist. Sie aber entwickelt im Laufe der Jahre darin höchste Virtuosität. Sie schneidet aus dem schwarzen Papier alltägliche wie satirische Szenen aus. So ziemlich alle Persönlichkeiten der Zeit werden von ihr porträtiert, Goethe, Schiller und Schelling, Angelika Kauffmann und Friedrich Rückert – und dies oft genug mit ironischem Blick für deren Aussehen und Charakter.

Mit fünfundzwanzig Jahren heiratet Christiane Luise Duttenhofer. Christian kommt wie sie aus einer Theologenfamilie und ist Kupferstecher. Ein gefährliches Paar, sagen die Leute, er sticht, sie schneidet. Es ist zwar keine große

Liebe, „Hausfreund“ nennt Luise ihn in ihren Briefen, aber das Interesse für die Kunst verbindet die beiden. Und so packen die jungen Brautleute nach der Hochzeit auch sofort ihre Koffer und reisen nach Rom, wo sie mehr als ein Jahr bleiben werden.

Luise bekommt in dieser Zeit ihren ersten Sohn Carl Aurel, der allerdings bald stirbt. Trotzdem ist sie euphorisch und nutzt den Aufenthalt in Rom, saugt Kunst und Kultur förmlich auf und arbeitet in ihre biedermeierlichen Alltagsszenen nun auch antike Zitate ein. Wäre nicht erneut der Krieg ausgebrochen, wären Luise und ihr Mann wohl noch Jahre in Italien geblieben.

Luise Duttenhofer muss nicht erst die Meisterwerke der Antike und der Renaissance studieren, um zu erkennen, dass ihr Christian nicht das größte Talent ist. Leidlich ernährt er die Familie mit Stadtpanoramen, Illustrationen zu Cottas „Taschenbuch für Gartenfreunde“ und Abbildungen zu Humboldts Reisebüchern. Er ist ein wenig träge, deshalb stellt Luise ihn auf einer Schnecke reitend dar. Es ärgert sie, dass er sich an der Wiener Akademie zum Kupferstecher ausbilden lassen konnte und sogar längere Zeit in Paris im Musée Napoléon studierte, während sie nur in der „Gerumpel Kammer“[3] des Bildhauers Johann Heinrich Dannecker zeichnen kann. Denn ihr Können bleibt keineswegs unbemerkt. Selbst wenn Scherenschnitte nur als Liebhaberei gelten, sprechen sich die Qualität und der Witz ihrer Motive doch herum. Deshalb fördert Dannecker sie und lässt sie in seiner Werkstatt und Antikensammlung zeichnen.

Anders als ihr Mann hat Luise Ehrgeiz, beschäftigt sich mit zeitgenössischer Dichtung, mit Geschichte, Archäologie und Mythologie, während ihr die seichte Modeliteratur zuwider ist. Auch ohne Christian besucht sie gern das Lesekränzchen im Haus des Geheimrats August Hartmann, wo man sich trifft, um über Kunst, Wissenschaft und Politik zu plaudern und wo auch Durchreisende gern aufgenommen werden. In diesem Kreis findet Luise Duttenhofer Inspiration und Freunde. Sie ist eng vertraut mit dem dichtenden Juristen Karl Mayer. Als der ihr ein handgeschriebenes Gedicht schenkt, klebt sie es „wie ein Heiligthum"[4] in ihr Büchlein. Häufig klagt sie ihm in Briefen auch ihr ewiges Leid, sich als Künstlerin nicht entfalten zu können.

Trotzdem wird aus der schwäbischen Pfarrerstochter eine Meisterin ihres Faches. Duttenhofer ist extrem produktiv, immer virtuoser und flinker hantiert sie mit der Schere, mehr als tausend Scherenschnitte entstehen im Lauf der Jahrzehnte. Sie beobachtet scharf und würzt ihre liebevollen, erzählerischen Szenen oft mit Witz und Seitenhieben. Dick, rund und höchst unvorteilhaft sieht der württembergische König bei ihr aus, während sie Dannecker als Gipsfigurenhändler darstellt.

1812 und 1824 nimmt Luise Duttenhofer an Ausstellungen in Stuttgart teil. Sie habe es „durch angeborenes Talent (…) im Ausschneiden aus freyer hand bis zur Virtuosität gebracht"[5], schreibt das Morgenblatt für gebildete Stände anerkennend. 1824 liest Duttenhofer im Stuttgarter Kunstblatt von einem Wettbewerb und reicht einen Scherenschnitt zu einem von Goethe übersetzten Gedicht ein, der zwar nicht den ersten Preis bekommt, von Goethe aber gelobt wird. Und auch Mörike ist begeistert von den „prächtigen Sachen" der „berühmten Madame Duttenhofer"[6].

Luise ist bestens integriert in der Stuttgarter bürgerlichen Gesellschaft, die Familie lebt in der reichen Vorstadt. Kupferstecher bei Hofe wird Christian Duttenhofer zwar nicht, aber er erhält immerhin eine Professur an der Stuttgarter Kunstschule. 1829 unternimmt Luise nach vielen Jahren endlich wieder eine Reise und fährt mit ihrem Mann und zweien der Kinder nach München. Sie geht zum Zeichnen in die Gemäldegalerien, das Kupferstichkabinett und die Bibliothek, trifft alte Bekannte und macht Ausflüge. Sie ist in ihrem Element, könnte ewig so weitermachen, wird aber krank. Es sei „die obere Hälfte des Menschen an mir heiß und die Füße wie auf dem Nordpol stehend“[7], notiert sie.

Sie erholt sich nicht mehr und reist schwer angeschlagen nach Stuttgart zurück, wo sie mit nur dreiundfünfzig Jahren stirbt. Vielleicht wäre ihr, die immer darunter litt, sich nicht entfalten zu können, der Nachruf auf sie ein Trost gewesen. So steht im Morgenblatt, dass Luise Duttenhofer bewiesen habe, dass auch das scheinbar Kleine und Unbedeutende sehr wohl groß und bedeutend werden könne.

1806 erdolcht sich das „Günderrödchen“ aus enttäuschter Liebe.

KAROLINE VON GÜNDERRODE

(1780–1806)

SCHWERMÜTIGE DICHTERIN

„Mit starkem männlichen Geist“[1]

Es ist nicht einfach Freundschaft. Auch nicht nur Seelenverwandtschaft. Es ist Liebe. Bettine Brentano hat es richtig erwischt. Bis über beide Ohren ist die 16-Jährige verliebt in diese ernste, nachdenkliche Frau. Noch Jahre später erinnert sie sich an den Moment, als sie das erste Mal im Gartenhaus vor ihr steht: Karoline von Günderrode. Eigentlich ist die junge Dichterin gekommen, um Bettines Großmutter, die Bestsellerautorin Sophie La Roche, zu besuchen. Es ist der Anfang einer aufregenden Freundschaft. Das „Günderrödchen" wird Bettine nicht mehr so bald aus dem Kopf gehen – die schwarzen Wimpern, die blauen Augen, die Hand, die ihr Haar streichelt.

Viele ihrer Freunde sind verliebt in die junge Dichterin Karoline von Günderrode. Auch Bettines Bruder Clemens überschüttet sie mit leidenschaftlichen Anträgen. Aber niemand liebt sie so stürmisch wie Bettine. Zahllose Briefe schreiben sich die jungen Frauen in den folgenden Jahren, sie lesen gemeinsam Homers „Odyssee", zeichnen Karten der griechischen Inseln, machen Reisepläne, stellen sich ein freies, selbstbestimmtes und emanzipiertes Leben jenseits der bürgerlichen Normen vor. Bettine schaut nicht nur auf zu der fünf Jahre älteren Freundin, die beiden verbindet auch eine flirrende Erotik. „Wenn du nicht wärst, was wäre mir die ganze Welt"[2], schreibt sie Karoline.

Karoline Friederike Louise Maximiliane von Günderrode, die 1780 in Karlsruhe geboren wird, eilt der Ruf voraus, einen „starken männlichen Geist"[3] zu besitzen. Diese junge, hochintelligente und belesene Frau entspricht nicht den Rollenerwartungen der Zeit. Sie veröffentlicht unter dem Pseudonym „Tian" Gedichte, Fantasien und poetische Fragmente, aber schon bald spricht sich herum, dass eine Frau dahinterstecken muss. Sie wird bewundert, geachtet – und findet doch kein Glück. „Warum ward ich kein Mann!"[4], klagt Karoline und will sich nicht auf Ehe- und Mutterpflichten reduzieren lassen. „Weiberglückseligkeit"[5] ist ihre Sache nicht, sie habe Begierden wie die Männer, nur leider nicht deren Kraft.

Karoline von Günderrode stammt aus einem gebildeten Haushalt. Der Vater ist Kammerherr und Regierungsrat beim Markgrafen von Baden-Durlach. Er stirbt mit nur einunddreißig Jahren und lässt seine Frau Louise mit sechs Kindern zurück. Die Rente ist knapp, und da die Frau Mama den Luxus liebt, zieht sie mit ihrer Kinderschar nach Hanau, um Hofdame beim Landgrafen von Hessen zu werden.

Louise von Günderrode ist eine attraktive wie geistreiche Frau, sie veröffentlicht Gedichte und Aufsätze unter Pseudonym. Eine sorgende Mutter aber ist sie nicht. Louise und Karoline verbindet wenig. Karoline begleitet sie gelegentlich an den Hof, aber die Mutter bleibt kühl und distanziert. Karoline ist ein ernstes Mädchen, hochbegabt, verträumt, doch ist sie sich als Älteste auch immer ihrer Verantwortung bewusst.

Als das Geld knapp wird, schiebt die Mutter die 17-Jährige kurzerhand ab in ein evangelisches Damenstift in Frankfurt. Es ist eine Art Auffangbecken für adelige Witwen und sitzengebliebene Mädchen. Bei aller Trauer und Einsamkeit kann Karoline sich im Stift doch dem widmen, was sie ohnehin am meisten interessiert: dem Schreiben und Lesen.

Die Günderrode-Mädchen haben immer schon viel gelesen – Klopstock, Tieck, Goethe und Schiller. Karoline ist fest entschlossen, professionelle Schriftstellerin zu werden, sich dabei aber nicht mit den Gattungen zu begnügen, die für Frauen vorgesehen sind, Liebeslyrik, Briefe und Familienromane. Sie will eine philosophische Dichterin sein, liest Kant, Fichte und Herder und erarbeitet eine eigene Naturphilosophie.

1799 lernt sie auf dem Landgut einer Freundin Friedrich Karl von Savigny kennen und verliebt sich auf Anhieb. Ihr gefällt der sanfte Schmerz, der den 20-jährigen Jurastudenten umgibt. Immer wieder treffen sich die beiden in Frankfurt, in Hanau, in Marburg, oft sind sie auf Savignys Landgut – gemeinsam mit den Geschwistern Brentano: Clemens, Gunda und Bettine.

Savigny schätzt Karolines Verstand, aber als Heiratskandidatin kommt die junge Schriftstellerin nicht infrage.

Savigny hat berufliche Ambitionen, er wird später preußischer Minister werden. Karoline ist nicht die Frau, die in diese Karriere passt. Trotzdem macht er ihr immer wieder Avancen, auch dann noch, als er sich längst für Gunda Brentano entschieden hat, die ihrer Freundin den Mann kurzerhand ausspannt. Ein kompliziertes Dreiecksverhältnis, verstrickt, unklar, widersprüchlich.

Zahllose Briefe tauschen die literarisch ambitionierten jungen Leute in diesen Jahren aus. Es ist die Zeit des großen, romantischen Gefühls. Nicht die schnöde Ratio zählt, sondern das Seelenleben des Individuums. „Alles aus Liebe, sonst geht die Welt unter!“[6], ruft Bettine Brentano einmal aus – und formuliert, was sie alle antreibt: die Hingabe an eine bedingungslose, absolute Liebe, das leidenschaftliche Schwärmen und sich Verzehren.

Und Karoline ist mittendrin in dieser heißblütigen Gesellschaft und fühlt häufig doch gar nichts, meint im Gegenteil, innerlich abzusterben. Die Liebe, meint Savigny einmal, sei göttlich, Karoline aber spanne die Empfindung durch Fantasie höher, als ihre natürliche Kraft reiche. Vermutlich steigert sich Karoline in die Liebe allzu exzessiv hinein, um die Düsternis zu vertreiben, die sie zeitlebens begleitet. Sie versteht das Spiel nicht, das die Männer mit ihr treiben, idealisiert die Liebe ins Unermessliche – und verliert dabei den Bezug zur Realität.

So gerät sie erneut in eine unglückselige Beziehung. 1804 lernt Karoline Georg Friedrich Creuzer kennen, einen Professor für Alte Geschichte und Philologie in Heidelberg. Wie schon bei Savigny fühlt sich Karoline weniger körperlich angezogen, sondern es reizt sie vor allem der intellektuelle Austausch. Wie „ein lernbegieriger Laie“ sei sie dem „Hohenpriester“[7] gegenübergetreten. Sie fühlt sich von Creuzer verstanden, hofft, in ihm einen geistigen Vater zu finden, der ihr als junger Dichterin den Weg weisen kann und der ihre Texte kritisch gegenliest.

Auch Creuzer ist verliebt, aber verheiratet. Seine Frau Sophie hat ihn als mittellosen Studenten ausgehalten, damit er promovieren und sich habilitieren kann. Er fühlt sich ihr zu Dank verpflichtet und gesteht ihr das Verhältnis zu Karoline. Fortan überwacht Sophie die Korrespondenz der Liebenden, sodass die sich zeitweise auf Griechisch schreiben.

Karoline nimmt das Machtgefälle zwischen Mann und Frau durchaus wahr – und auch zwischen Ehemann und Geliebter. Trotzdem gelingt es ihr nicht, sich aus dem Geflecht zu befreien. Immer wieder lässt sie sich auf Creuzers Versprechungen ein, die er doch nie einlöst. Als er Aussicht auf eine Professur in Russland hat, überlegt sie ernsthaft, ihm als Mann verkleidet zu folgen, dann wieder schlägt Creuzer eine Ménage à trois vor mit seiner Ehefrau als „Führerin unseres Hauswesens"[8].

Karoline flüchtet in die Todessehnsucht, die sie schon immer begleitet. Das Schreiben ist für sie wie ein Gespräch mit den Geistern der Toten, sie taucht dabei in die Unterwelt ein. Lebensmüde sei sie, schreibt Karoline 1806 an eine Freundin und erwähnt nun immer häufiger, dass sie sich umbringen werde, sollte Creuzer sich von ihr trennen oder untreu werden. Bettine präsentiert sie sogar die Stelle unter der Brust, in die man stechen müsse – sie hat sie sich von einem Chirurgen zeigen lassen. Ihren Dolch, den sie stets bei sich trägt, bringt sie zum Schleifen.

Bettine ist ihr in all den Wirren eine gute Freundin – bis Creuzer ihr auch diesen letzten Halt nimmt. Er drangsaliert Karoline mit seiner Eifersucht, er treibt einen Keil in die Freundschaft zu den Savignys. Und er verbietet Karoline schließlich den Umgang mit Bettine, der er nicht verzeihen kann, dass sie ihn einmal ausgelacht hat wegen einer albernen roten Perücke. Karoline gehorcht und verweigert der verzweifelten Freundin jedes Gespräch.

Zuletzt klammert sie sich an die Idee, mit Creuzer gemeinsam in den Tod zu gehen. Aber sie sterben nicht beide, sondern Karoline geht allein. Creuzer will sich endgültig von ihr trennen und bittet einen Bekannten, Karoline die Nachricht zu überbringen. Als sie den Brief gelesen hat, setzt sie sich zu einem letzten Essen mit Freunden an den Tisch, danach will sie noch einen Spaziergang machen. Am nächsten Morgen findet man Karoline von Günderrode am Rheinufer in einem Weidenbusch. Sie hat sich den Dolch ins Herz gerammt – und zur Sicherheit in ihren Schal Steine gebunden.

Creuzer erfährt erst nach Wochen von ihrem Tod. Seine einzige Sorge ist, dass seine Karriere an der Universität gefährdet sein könnte, falls man ihn in Verbindung mit dem Selbstmord bringt. Er beauftragt einen Freund, ihre Briefe zu verbrennen, und erwähnt die Geliebte später in seinen Memoiren nicht mit einem einzigen Wort. Trotzdem ahnen es alle, dass Karoline sich um „des Creuzers willen"[9] ermordet hat.

Bettine heiratet später Achim von Arnim. „Ich werde Schmerz in meinem Leben mit mir führen"[10], schreibt sie ihm. Sie macht sich zeitlebens Vorwürfe, dass sie die Freundin nicht vom Selbstmord abhalten konnte. Im Geist hat Karoline sie immer begleitet. Mehr als dreißig Jahre nach ihrem Tod hat Bettine ihre Briefe zu einem Roman verarbeitet, als habe sie nie aufgehört, Gespräche mit der geliebten Freundin zu führen.

Hübsch, talentiert, lebenslustig – doch Ellenrieder verbietet sich das Glück.

MARIE ELLENRIEDER

(1791–1863)

GOTTESFÜRCHTIGE MALERIN

„Im Fache der größeren Portraits scheint diesmal einem Frauenzimmer der erste Rang anzugehören."[1]

Liegt es an den Eltern? Woher diese ewig lauernde Schwermut, die Düsternis, die sich immer wieder auf ihre Seele legt? Marie Ellenrieder hat als erfolgreiche Malerin mehr erreicht, als es für Frauen ihrer Zeit vorgesehen ist. Wohlhabend ist sie, privilegiert, frei und selbstständig.

Als sie 1791 als viertes Kind der Familie Ellenrieder in Konstanz auf die Welt kommt, ist die Mutter zwar nicht mehr die Jüngste, aber man hat bereits etwas erreicht. Konrad, der Herr Papa, ist Hofuhrmacher, die Mutter, die aus einer erfolgreichen Künstlerfamilie stammt, ist ebenfalls wohlhabend, sodass man ein großes, spätmittelalterliches Haus nah am See kaufen kann. Den Ellenrieders geht es gut, und Marie schreibt in ihr Tagebuch: „Ich bin ein glückliches, ein äußerst glückliches Geschöpf.“[2] Und doch quälen sie zeitlebens Verzweiflung und Depression.

Was ist passiert? Marie Ellenrieder geht bei den Dominikanerinnen zur Schule, wo sie nur das Nötigste lernt, dafür aber ausgiebig in Religion und Sittenlehre unterwiesen wird. Sie ist gerade mal zehn Jahre alt, als die Schulzeit für sie schon wieder beendet ist – und noch oft wird sie diesen Mangel an Bildung spüren. Immerhin: Das Kind fällt durch seine schöne Schrift auf. Und weil man in der Familie Sinn für Kunst hat, geht Marie in die Lehre bei einem Miniaturmaler, der sich sein Geld damit verdient, das Bürgertum in Kleinporträts festzuhalten.

Aber da ist auch noch Ignaz Freiherr von Wessenberg. Er ist ein aufgeklärter Theologe und führt in Konstanz die Geschäfte des Bischofs. Auch er erkennt Maries Talent und ist überzeugt, dass man es fördern muss, selbst wenn Marie ein Mädchen ist. Von Wessenberg lässt seine Kontakte spielen und erreicht das bis dahin Undankbare: Marie Ellenrieder darf als erstes Fräulein an der Königlichen Akademie in München studieren.

Marie ist begeistert und geht 1813 in die Lehre des Akademiedirektors Johann Peter von Langer, bei dessen Familie sie auch wohnt. Es ist eine anregende Zeit, Marie Ellenrieder lernt Künstler, Wissenschaftler und Studenten kennen. Sie trifft Persönlichkeiten, die später ihre Gönner und Förderer werden. Zunächst soll sie wieder nur Miniaturen malen, aber schon bald wechselt sie ins angesehene Historienfach.

Marie ist eine tiefgläubige junge Frau. Die Mutter hat sie ganz im Geiste der Religion erzogen. Gebet und permanente Prüfung des Gewissens sind ein tägliches Ritual bei den Ellenrieders. Die Jahre nach der Französischen Revolution sind turbulent und instabil, neue Ideen und Werte geistern durch die Gesellschaft – da ist der Glaube für viele der einzig verlässliche Anker. Marie ist innig und leidenschaftlich fromm, ganz dem Gefühl ergeben. Und auch wenn sie oft unter ihrer Unwissenheit und den Bildungslücken leidet, liest sie lieber katholische Erbauungsliteratur, statt sich dem klassischen Bildungskanon zu widmen.

Nach der Ausbildung in München kehrt Marie ins Elternhaus zurück. Sie ist jetzt Mitte zwanzig. Der Vater richtet ihr ein Atelier ein – und es beginnt eine erfolgreiche Zeit. Sie fühlt sich geliebt und unterstützt, Künstler und Interessierte besuchen sie und sind angetan von ihrem Können. Zum ersten Mal wird ihre Kunst auch rezensiert in einer Zeitschrift, der „Monatschronik“: „Im Fache der größeren Portraits scheint diesmal einem Frauenzimmer der erste Rang anzugehören.“[3]

Auch in adeligen Kreisen wird man auf die junge Malerin aufmerksam und erteilt ihr Aufträge. Sie ist in Zürich und in Freiburg tätig, in Basel und Schaffhausen. Es ist eine gute Zeit – bis 1820 die Mutter stirbt. Marie, psychisch labil, fällt in ein tiefes Loch, aber der Tod bestärkt sie auch darin, das zu erfüllen, was sie der Mutter versprochen hat: sich ganz dem Glauben zu ergeben. Marie will der Religion dienen – durch die Malerei. Sie will eine reine, ideale Kunst schaffen, die Gottes Geist spüren lässt. „Unschuldig will ich seyn“, schreibt sie in ihr Tagebuch, „Du allein mein Heiland sollst in meinem Herzen wohnen.“[4]

Als die Gemeinde Ichenheim bei Offenburg bei ihr für die neu gebaute Kirche drei Altarbilder bestellt, kann sie ihr frommes Streben künstlerisch zur Geltung bringen – und ist auch hier das erste Fräulein, das eine Kirche ausschmücken darf. Der Auftrag ist zudem gut dotiert – und endlich hat Marie so viel Geld zusammen, dass sie sich einen schon lang gehegten Wunsch erfüllen kann: eine Reise nach Rom.

Drei Wochen ist Marie unterwegs mit zwei Künstlerkollegen und notiert sorgfältig die Stationen in Chur, Mailand, Parma, Bologna, Florenz und Siena. Und dann: Rom. Sie bekommt eine Unterkunft am Spanischen Platz, wo einige deutsche Künstler leben. Marie freundet sich mit Luise Seidler aus Jena an, die schon länger in Rom lebt und ihr hilft, sich in die deutsche Kolonie einzufinden. Man besucht sich gegenseitig im Atelier, Marie wird auch im sogenannten Komponierverein aufgenommen, wo man künstlerische Fragestellungen diskutiert. Schon bald kennt sie so ziemlich alle in Rom lebenden deutschen Künstler.

„Edle Teutsche"[5] nennt Ellenrieder die Künstler um Friedrich Overbeck und Julius Schnorr von Carolsfeld. Die Maler, die wegen ihrer langen Haare spöttisch als Nazarener bezeichnet werden, wollen die religiöse Kunst erneuern, eifern der mittelalterlichen und italienischen Renaissance-Malerei nach und führen ein streng moralisches Leben. Marie, die sich selbst ständig in Askese und Selbstkasteiung übt, fühlt sich sofort hingezogen zu diesen Männern. Overbeck gefällt ihr besonders, weil er sich ganz von der Welt gelöst habe, wie sie ehrfürchtig konstatiert.

Ellenrieder ist überzeugt, durch die Nazarener den Zugang zur wahren Kunst gefunden zu haben. Diese große, sanftmütige Frau ist beliebt in dem Kreis, auch wenn sie in den Gesprächen immer wieder ihre eigene Unbildung feststellt. „Ich kann leider gar nicht von Kunst reden, ich kann nur arbeiten."[6]

Zugleich ist Marie auch begeistert vom Leben der Italiener, den in Olivenöl gebratenen Speisen, der Musik, dem Tanz. Sie geht allein ins Lokal, um einen Kaffee zu trinken, sie kocht nicht selbst, sondern lässt sich das Essen von einer Trattoria ins Haus bringen. Zugleich geißelt sie sich für diese glücklichen Momente und wirft sich „1000fältige Schwachheiten“[7] vor. Wenn sie von einer unterhaltsamen Abendgesellschaft heimkehrt, notiert sie reumütig, dass sie über Stunden weder an Gott noch an die Kunst gedacht habe.

Dieser ewige Zwiespalt zermürbt die junge Frau. So ist sie hin und hergerissen zwischen Lebensfreude und zwanghafter Selbstbeherrschung. Eben noch fröhlich und euphorisch überkommt sie plötzlich die Schwermut, dass sie künstlerisch keine Fortschritte macht, weil sie sich mal wieder zu sehr ihren Eitelkeiten hingegeben hat.

Die Schuldgefühle wiegen schwer, Marie Ellenrieder hat Angst, sich an den Idealen der Kunst zu versündigen. Um ihre Nachlässigkeiten im Glauben zu sühnen, konzentriert sie sich nun ganz auf religiöse Themen und arbeitet zehn Stunden am Tag, sie verausgabt sich, als könne das ihr schlechtes Gewissen beruhigen. Die Jahre in Rom sind auch eine Zeit der Verzweiflung, des Haderns und Ringens.

1925 muss Marie Italien verlassen und sich in Konstanz wieder in den bürgerlichen Alltag im Elternhaus einfinden. Der Vater ist alt, aber verordnet immer noch ein streng geordnetes Leben. Die unverheiratete Schwester Josefine führt den Haushalt. 1829 ernennt der Großherzog Ludwig Marie zur Hofmalerin, und sie bekommt ein Jahresgehalt von 300 Gulden. Zwei Jahre lebt Ellenrieder auch in Karlsruhe, um dort ein Familienbild der Großherzogin Sophie mit ihren fünf Kindern zu malen. Und weil sie doch eigentlich religiöse Bilder schaffen will und keine profanen Porträts, bemüht sie sich, die Kindergesichter nicht als Charakterstudie zu entwickeln, sondern als Abbild Gottes. Sie will die „Engels-Seele“[8] sichtbar machen.

In diesen Monaten in Karlsruhe nimmt Marie Ellenrieder auch viel am gesellschaftlichen Leben teil und genießt große Anerkennung. Es ist eine entspannte und fruchtbare Zeit für sie, die Energie kehrt zurück, und Marie ist weniger schwermütig. Ablenkung und Anerkennung tun ihr gut –

und genau deshalb zieht Ellenrieder, streng mit sich wie immer, wieder nach Konstanz zurück und klagt ihrem Tagebuch, nicht fromm genug gewesen zu sein, sich nicht sanft genug benommen zu haben.

Wie so oft schon beschließt sie erneut, nur noch Bilder mit religiösen, erbaulichen Themen zu malen. Dabei tut sie eigentlich nie etwas anderes. Ellenrieder scheine immer in Gesellschaft von Engeln zu malen, schreibt Cottas Kunstblatt spöttisch über ihre Ausstellung 1838 in Karlsruhe, sie solle sich lieber bemühen, mehr Individualität in die Gesichter zu bringen.

Aber für Marie Ellenrieder ist Kunst eben eine Form der Religionsausübung. Deshalb steht für sie auch nie zur Debatte, selbst eine Familie zu gründen. Sie opfert sich für Kunst und Religion auf – auch wenn sie Kinder eigentlich mag. Die Familie des Großherzogs Ludwig und der Gräfin Katharina von Langenstein werden zu einer Ersatzfamilie für sie, seit 1827 weilt sie oft auf dem Herrensitz bei Konstanz. Gerade mit der kleinen Gräfin Luise verbindet sie eine Seelenverwandtschaft.

Marie Ellenrieder hat es zu etwas gebracht und bekommt große Aufträge und Ehrungen und ist sich wohl bewusst, wie privilegiert sie ist, als Hofmalerin ein festes Einkommen zu haben. Aber letztlich bedeutet ihr der Ruhm wenig, schließlich strebt sie nach Höherem: nach Anerkennung im Himmel.

1839 fährt sie zum zweiten Mal nach Rom – und diesmal berichtet sogar Cottas Kunstblatt darüber. Sie erhofft sich neue Anregungen, aber das Leben hat sich verändert, die alten Freunde haben sich zurückgezogen, die Kunst der Nazarener ist aus der Mode gekommen. Die ersehnten Anregungen bleiben aus, stattdessen stürzt die Malerin in Düsternis.

So hat Marie Ellenrieder viele Höhen und Tiefen im Leben. Sie ist leicht zu verletzen und „wie eine rau berührte Mimose“[9], erzählt eine Freundin einmal. Selbst in den glücklichen Momenten umhüllt sie eine Aura des Leidens. Beruflich aber hat sie immer wieder Glück.

Nachdem ihre religiös-fanatische Malerei in einer Sackgasse gelandet zu sein scheint und nicht mehr gefragt ist, erlebt ihre Kunst erneut Hochkonjunktur. In den 1840er-Jahren macht sich eine neue, konservative Kirchenfrömmigkeit breit, und es gibt plötzlich eine große Nachfrage nach Engelsbildchen, Jesuskindern und Heiligen. Man unternimmt Wallfahrten, und von Rom wird ein vierzigstündiges „Allgemeines Gebet" angeordnet, an dem auch Marie drei bis vier Stunden täglich teilnimmt.

Marie lebt mit der Schwester zusammen. Josefine ist eine humorvolle, lebenslustige Frau, schmeißt den Haushalt, ist geschäftstüchtig und hat allerhand Verehrer – aber heiratet ebenfalls nicht. Die Schwestern sind finanziell unabhängig und frei und scheinen es sich gut eingerichtet zu haben. Gesundheitlich allerdings geht es Marie zunehmend schlechter. Der Doktor sagt, ihre Nerven seien völlig zerrüttet. Immer wieder geht sie zur Kur. Die folgenden Jahre sind von Kreislaufschwächen und plötzlicher Übelkeit gezeichnet, sie hat „nervöse Beklemmung auf der Brust."[10] Trotzdem arbeitet sie, weil sie mit ihrer Kunst Gutes tun will, tun muss.

Während sie als junge Frau ein offener, toleranter Geist ist, wird Marie Ellenrieder im Alter eine dogmatische Kirchenkämpferin. Sie wettert gegen den Verstand, denn Vernunft und Aufklärung stehen für sie im Gegensatz zum Glauben. Den Fortschritt lehnt sie kategorisch ab. Je schneller man reisen könne, desto weniger Lust habe man dazu, meint sie – und ist nun viel beschäftigt mit ihren Zipperlein und Wehwehchen, macht teure Kuren und probiert allerlei Mittelchen aus wie „Selterwasser und Geißmilch".[11] Wegen einer Flechte auf der Kopfhaut verbringt sie dreizehn Wochen in Bad Cannstatt mit Bädern, Abführtee, Bewegung und Diät. Sie hat Schmerzen in Händen und Füßen, trinkt auf Anraten eines Freundes jeden Morgen auf nüchternen Magen ein

Glas Wein mit Wasser vermischt, was ihr, wie sie feststellt, bestens bekommt. 1862 schreibt die Schwester: „Wir sind eben zwey alte mürbe Schachteln."[12]

Pepi, wie sich Josefine nennt, überlebt ihre jüngere Schwester Marie, die mit zweiundsiebzig Jahren stirbt. Die Stadt Konstanz trauert, ein endloser Leichenzug führt durch die Gassen zum Schottenfriedhof vor der Stadt. Vertreter des Großherzogs und der Stadt, Schüler, Lehrer, sogar das Militär und Vereine sind bei dem Begräbnis dabei, die Zeitung berichtet, posthum wird Marie gerühmt und geehrt. Pepi ist inzwischen noch schwerhöriger als ihre Schwester, weshalb sie, die nun niemanden mehr versorgen kann, eine Stiftung gründet: die Josefine Ellenrieder-Stiftung für harthörige Frauenspersonen.

Die Musikerin hat den ersten Stuttgarter Frauenchor gegründet.

EMILIE ZUMSTEEG

(1796–1857)

KOMPONISTIN UND PASSIONIERTE MUSIKLEHRERIN

„Ein ausgezeichnetes Kunsttalent"[1]

Eines Tages steht eine junge Schweizerin vor der Tür. Sie möchte bei der berühmten Emilie Zumsteeg Unterricht nehmen, bei dieser Ausnahmemusikerin, die komponieren kann wie ein Mann und sogar wagt, was keine Frau je tat: zu dirigieren und große Chöre zu leiten. Emilie Zumsteeg aber lehnt ab. Wann soll sie die Stunde noch unterbringen? Schon jetzt platzt ihr Terminkalender aus allen Nähten, rund um die Uhr ist sie eingespannt mit Chorproben, Klavier- und Gesangsstunden. Die Zeit ist so knapp, dass sie nicht mal mehr zum Komponieren kommt.

Was aber tut die junge Frau? Sie weint bitterlich über die Absage. Und natürlich lässt sich Emilie Zumsteeg erweichen, schließlich ist sie eine leidenschaftliche Pädagogin und liebt den Austausch mit ihren Schülerinnen und Schülern. So findet sie doch noch einen Termin für den Unterricht – morgens um sechs Uhr.

Gut, dass Emilie Zumsteeg weder Mann noch Kinder hat und sich ganz der Musik widmen kann. Ihre Schüler danken es ihr. Sie schwärmen für die Stuttgarter Musikerin und verehren sie glühend. Sie zanken, wer sie bei ihren Ausgängen begleiten darf. Wenn das Fräulein Zumsteeg durch Stuttgart spaziert, verneigt man sich vor ihr. Sie hat es weit gebracht.

Dabei hätte Emilie Zumsteeg noch mehr vermocht. Ihr Vater ist Cellist und Komponist, als Konzertmeister unterstehen ihm bei Hofe sämtliche musikalischen Aktivitäten. Seine Emilie hätte selbstverständlich in seine Fußstapfen treten können und vielleicht sogar eines Tages große Opern komponiert. „Wäre sie ein Knabe, so würde sicher unser guter Zumsteeg durch sie ersetzt“[2], klagt die Mutter einmal. Sie weiß, dass ihrer Emilie dieser Weg verstellt bleibt.

Es ist ein harmonisches und kulturell interessiertes Haus, in dem Emilie aufwächst. Die Eltern besuchen Lesungen, diskutieren über Kunst und verkehren in gepflegten bürgerlichen Kreisen. Sie sind unter anderem mit den Rapps befreundet, einer angesehen Stuttgarter Kaufmannsfamilie, die sogar einmal Goethe beherbergt.

Emilie wird die Musik in die Wiege gelegt – und tatsächlich genügen ein paar Takte auf dem Klavier, schon beruhigt sich der schreiende Säugling. Bereits als kleines Kind hört Emilie andächtig zu, wenn der Vater Cello spielt. Den Papa freut's, dass seine Jüngste seine Leidenschaft zu teilen scheint. Keine Frage, Johann Rudolf Zumsteeg hätte sein Töchterchen gefördert, sie früh in der Notenlehre, im Partiturlesen und Klavierspielen unterwiesen, vielleicht hätte er ihr schon bald das Komponieren beigebracht. Aber als Emilie fünf Jahre alt ist, stirbt er – und die Mutter ist fortan alleinerziehend. Sie gründet eine Musikalienhandlung in Stuttgart, um die Kinder durchzubringen.

Keine leichte Zeit für Luise Zumsteeg. Emilie aber ist ihr Glücksstern. Die Mutter liebt ihr Mädchen besonders, weil es dem Vater so ähnelt und sein Talent besitzt. Sie merkt schnell, dass Emilie gefördert werden muss. Also darf sie Klavierunterricht nehmen bei Gottlob Schick, dem Bruder des Stuttgarter Malers Christian Gottlieb Schick. Emilie erweist sich als fleißige und engagierte Schülerin, die schon bald über das kindliche Geklimper hinauswächst. Sie erhält auch Gesangsunterricht – und selbst ohne väterliche Anleitung beginnt sie letztlich von selbst zu komponieren. Mit achtzehn Jahren schreibt sie ihr erstes Lied für die Mutter zum Geburtstag: „Der erste December"[3].

Mit dreiundzwanzig veröffentlicht Zumsteeg in einem Bonner Verlag ein Liederheft, das sie ebenfalls der Mama widmet. Es sei offensichtlich einiges vom Geiste des Vaters auf die Tochter übergegangen, schreibt ein Rezensent in der Leipziger Allgemeinen musikalischen Zeitung anerkennend, denn ihre Musik sei „von wahrem Ausdruck"[4].

Stuttgart ist in dieser Zeit ein wichtiges literarisches Zentrum, das viele Dichter anzieht – Eduard Mörike, Justinus Kerner, Gustav Schwab oder Nikolaus Lenau. Emilie ist mit Eduard Mörike befreundet, sie besuchen und schreiben sich regelmäßig, Mörike kauft auch gern bei den Zumsteegs seine Noten ein. Als sein erster Gedichtband herauskommt, schickt er Emilie stolz ein Exemplar – und hofft auf eine „gütige Aufnahme"[5].

Als junge Frau vertont Emilie das, was sie im elterlichen Bücherregal findet und was auch der Papa für seine Musik genutzt hatte: Gedichte von Friedrich Schiller oder Johann Christoph Friedrich Haug. Sie ist bemüht, dem Inhalt der Verse mit ihrer Musik gerecht zu werden, in ihren Kunstliedern Sprache und Klang in völligen Einklang zu bringen. Das wissen die Dichter zu schätzen. Justinus Kerner, mit dem sie ebenfalls befreundet ist, bittet sie, eines seiner Gedichte zu vertonen. Auch Nikolaus Lenaus Texte bearbeitet sie, „die Composition ist ausgezeichnet“[6], kommentiert er hinterher anerkennend.

Aber die junge Emilie Zumsteeg tritt auch auf als Pianistin und Sängerin – sowohl bei den Abonnementkonzerten der königlichen Hofkapelle im Schloss als auch im Museum, das 1807 als Lesegesellschaft für männliche Bürger gegründet wurde und zugleich Bälle und Konzerte veranstaltet für die ganze Familie.

Es hätte wohl so weitergehen können mit der talentierten Sängerin und Pianistin, doch als Emilie Zumsteeg zwanzig ist, beendet sie ihre kurze Karriere als Solistin – und verlegt sich aufs Dirigieren. Für eine Frau in dieser Zeit ist das so ungewöhnlich wie das Komponieren, das über Jahrhunderte eine reine Männerdomäne gewesen ist. Frauen, so ist man überzeugt, sind nicht in der Lage, schöpferisch tätig zu sein. Emilie Zumsteeg ist es sehr wohl.

Sie öffnet ihr Haus regelmäßig und lädt prominente Musikerinnen und Musiker, aber auch Laien ein zu ihren „Sonntagsmusiken“[7] – und ebnet den Weg für das, was sie in Zukunft beschäftigen wird: die Musik an der Basis. Zumsteeg gründet den ersten Chor für Frauen, für die das Singen in einem Liederkranz bis dahin als unschicklich gilt. Bei den Sonntagsmusiken im Hause Zumsteeg werden große geistliche Chorwerke einstudiert – Emilie dirigiert vom Klavier aus.

Emilie Zumsteeg ist nun ganz offiziell Musik- und Gesangslehrerin, später wird sie auch Musiklehrerin am Königin-Katharina-Stift in Stuttgart. Das Musizieren in breiteren Gesellschaftskreisen wird zunehmend populär – und Zumsteeg unterstützt diese Entwicklung passioniert. Als König Wilhelm I. von Württemberg 1841 sein 25-jähriges Regierungsjubiläum feiert, sind unter den Zuschauern allein zweitausend Mitglieder von Sängergesellschaften und Liederkränzen. Emilie beteiligt sich an dem Kompositionswettbewerb für diesen Festtag, auch wenn sie mit ihrem vierstimmigen Jubiläumslied „Welchen König darf man loben" nicht den ersten Preis gewinnt.

Die Lieder, die Emilie Zumsteeg als junge Frau komponiert, erzählen häufig von Liebe und Sehnsucht, von Abschied und Herzschmerz. Sie mag geliebt haben, von einer Liebesbeziehung aber ist nichts bekannt. Enge Freundschaften hat Emilie Zumsteeg sehr wohl – unter anderem zu der jüngeren Lotte Gmelin, einer Nichte Gustav Schwabs. Ihr widmet sie die Vertonung von Lenaus melancholischen „Schilfliedern", denn Lenau war verliebt in ihre Freundin Lotte.

Ob es an der immer knappen Zeit liegt oder ihr auch die Inspiration abhandenkommt: Zumsteeg, die die Presse einst als „ausgezeichnetes Kunsttalent"[8] lobte, gibt das Komponieren schließlich ganz auf und widmet sich nur noch dem Unterricht und der Chorarbeit. Für viele ihrer Schülerinnen und Schüler ist sie mehr als eine Lehrerin, sie ist auch Ratgeberin, Vorbild, Freundin. Eine Schönheit mag sie nicht sein, aber sie wird gemocht. „Ich liebe und verehre Sie so von Herzen und wer sollte das nicht!"[9], schreibt einmal Justinus Kerner.

Auch die Stadt Stuttgart ist stolz auf die Musikerin. Zu ihrem fünfundvierzigsten Geburtstag schenkt der Stadtrat Emilie eine wertvolle Brosche und verleiht ihr eine Ehrenurkunde, denn ihm seien die Verdienste des „verehrten Fräuleins" „nicht entgangen"[10]. König Wilhelm I. beschließt, ihr fortan ein Jahresgehalt zu zahlen.

Als 1850 bei einem Kirchenfest der „Messias" aufgeführt werden soll, geht es Zumsteeg gesundheitlich bereits schlecht. Trotzdem studiert sie die schwierigen Chorpartien mit Amateuren ein. Bei der Aufführung selbst bleibt sie, wie immer, bescheiden im Hintergrund.

Als Emilie Zumsteeg mit sechzig Jahren stirbt, versammeln sich bei Sonnenuntergang zahllose Schüler, Freunde, Verehrer vor ihrem Haus in der Gymnasiumstraße. Die Sänger des Liederkranzes tragen den Sarg zum Hoppenlau-Friedhof, wo Emilie, so, wie sie es sich gewünscht hat, im Grab ihrer Mutter beerdigt wird. Ein Jahr nach ihrem Tod findet ein Konzert statt zur Erinnerung an die Musikerin. Mit dem Erlös wird ein Denkmal für ihr Grab finanziert mit einer Inschrift, die ganzen Generationen Musik liebender Stuttgarter aus der Seele gesprochen haben wird: „Aus dankbarer Verehrung".

Strenger Blick – doch ihre Bücher stecken voller Witz und Selbstironie.

OTTILIE WILDERMUTH

(1817–1877)

STARAUTORIN IM NEGLIGÉ

*„Alle zieht die Wildermuth,
Drum geraten sie so gut."*[1]

Als die Königin von Holland sie zu einer Audienz einlädt, wird Ottilie Wildermuth dann doch nervös. Wie soll sie sich benehmen, wie reden mit Ihrer Majestät? Schließlich hat sie immer nur so gesprochen, wie ihr ihr schwäbischer Schnabel gewachsen ist. Falsche Bescheidenheit, nichts als Koketterie.

Hektisch springt sie in ihre Kleidung und hetzt von Cannstatt ins Stuttgarter Schloss. Aber kaum betritt sie den Korridor des Schlosses, fühlt sich Ottilie Wildermuth plötzlich völlig unbefangen. Und selbstverständlich absolviert sie die Audienz souverän und plaudert entspannt mit der Königin über Literatur.

Aber sie ist eben längst eine Dame von Welt, eine Prominente, eine Starautorin. Tausende Bücher hat sie inzwischen verkauft, ständig hat Ottilie Wildermuth die Stube voller Gäste und Verehrer. Dichter und Denker machen ihr die Aufwartung, körbeweise flattert die Fanpost ins Haus, selbst von namhaften Kollegen.

Ottilie Wildermuth aber will in erster Linie eine treu sorgende Mutter und Ehefrau sein, sich in stiller Aufmerksamkeit und unermüdlicher Sorge um die Wünsche und Marotten ihres Mannes kümmern. Das, ist sie felsenfest überzeugt, ist die eigentliche Aufgabe einer jeden Gattin. Frauen, meint Ottilie Wildermuth, sollten Herzensdemut besitzen – und sie arbeitet jeden Tag hart daran, die ihre zu beweisen.

Ottilie Rooschütz kommt 1817 in Rottenburg am Neckar zur Welt und wird nicht nur eine extrem erfolgreiche und beliebte Schriftstellerin ihrer Zeit werden, sondern mit dieser Mischung aus Herzensdemut und felsenfestem christlichen Glauben ganze Generationen prägen. Sie wird eine Autorität werden, wenn es um Mädchenerziehung und das bürgerliche Frauenbild geht. Wer ein gutes Weib haben wolle, solle sich ein Mädchen aus Schwaben nehmen, konstatiert denn auch der Theologe und Lyriker Karl von Gerok. „Alle zieht die Wildermuth, Drum geraten sie so gut.“[2]

Wildermuth will keine dieser emanzipierten Frauen sein, ihr schwebt eher der Typus einer Hausfrau neuer Zeit vor: tüchtig und bescheiden, aber auch gebildet und selbstbewusst. Sie ist strikt dagegen, dass sich Frauen öffentlich zu Wort melden. Selbstständig aber sollen sie sehr wohl sein.

Denn das stärkere Geschlecht, das sie eigentlich stützen, schützen und vertreten solle, lasse sie oft genug im Stich.

Ottilie hat Glück. Sie ist immer von Menschen und Männern umgeben, die sie fördern und ihr auf Augenhöhe begegnen. Ihr Vater ist Oberamtsrichter in Marbach, wo sie die Volksschule besucht und mit dem Bruder Latein lernt. Sie ist rege, wissbegierig und liest viel – und wächst ansonsten recht behütet auf, alles in geregelten Bahnen.

Mit vierzehn Jahren ist die Schule beendet, fortan übernimmt ein Vikar die weitere Ausbildung von Ottilie, der das allerdings nicht genug ist. Sie zieht nach Stuttgart in eine kleine Pension, um dort in die „Hohe Schule“[3] zu gehen, wie sie das Pendant zum Studium der Männer ironisch nennt. Sie bekommt Unterricht im Fälteln und Feinbügeln, lernt Nähen bei Madame Freund in der Hauptstätter Straße, ist Kochstudentin bei der berühmten Kochbuchautorin Friederike Luise Löffler. Ottilie erhält Musikstunden, obwohl sie entschiedenes Nichttalent hat, wie sie überzeugt ist. Sie nimmt Zeichenunterricht, geht in Opern und Museumskonzerte und wird also ausgerüstet mit all dem, worüber eine Tochter aus besserem Hause verfügen sollte: „Bildung und ’s Fransenstricken“[4], wie ihre Cousine es süffisant nennt.

Als Johann David Wildermuth um Ottilies Hand anhält, lässt sie sich Zeit mit der Entscheidung – und sagt dann doch Ja. Er kommt aus einfachen Verhältnissen und hat sich hochgearbeitet, ein glänzendes Examen abgelegt und ist Gymnasialprofessor in Tübingen. Johann David ist zehn Jahre älter als Ottilie – und es ist definitiv keine Neigungsheirat. Sie sei nicht verliebt, aber glücklich und innig zufrieden, schreibt sie an eine Freundin. So ist Ottilie Wildermuth eben: pragmatisch, bescheiden und mit der Gabe ausgestattet, sich mit den Dingen zu arrangieren und das Beste daraus zu machen.

Und dieser Mann, den sie 1843 heiratet und mit dem sie in ein kleines Haus in freier Lage in Tübingen zieht, ist nicht die schlechteste Wahl. Sie haben drei Kinder zusammen –

und Johann David Wildermuth unterstützt seine Frau nicht nur beim Schreiben, sondern freut sich auch an ihrem Erfolg. Keine leichte Aufgabe, denn Ottilie wird eine geachtete Autorin.

Wo sie auch hinkommt, wird sie geschätzt und bewundert. Sie trifft Prinz Wilhelm von Württemberg und wird bei einem Erholungsurlaub in Hohenschwangau sogar von der Königin von Bayern eingeladen. Zu ihren Geburtstagen erhält sie Blumen und Wünsche aus aller Welt, aus Schlesien, Pommern, Friesland, selbst aus Temeswar. 1871 bekommt Ottilie Wildermuth sogar die Württembergische Goldene Verdienstmedaille für Kunst und Wissenschaft. Ihr Mann ist stets an ihrer Seite – ohne Neid, frei von Missgunst. Sie wiederum legt höchsten Wert auf das Urteil der Familie. Alles, was Ottilie veröffentlicht, müssen Mann und Mutter zuvor für gut befunden haben.

Übrigens ist es auch der Ehemann, der Ottilie zum Schreiben ermuntert, wenn auch im Spaß. Sie sind gerade drei Jahre verheiratet und haben ihr erstes Kind bekommen, als die beiden in einem Journal blättern – und Ottilie kess meint, dass doch jeder solche Texte verfassen könne. Dann solle sie doch schreiben, kontert Johann David. Und als Ottilie ihre erste Geschichte „Die alte Jungfer" an Cottas Morgenblatt schickt, will die Redaktion prompt weitere Beiträge.

Ob Frauen Bücher schreiben sollten? Nein, sie sollten es lieber bleiben lassen, meint Ottilie, wie immer mit einem leisen Anklang von Ironie – und veröffentlicht im Laufe der Jahre mehr als hundert Erzählungen und Kindergeschichten, die mitten aus dem schwäbischen Leben schöpfen. Sie will ihren Leserinnen und Lesern zeigen, wie reizvoll das alltägliche Leben sein kann, wenn es, natürlich, im rechten Sinne gelebt wird. Ihre Jugendbücher erzählen meist von einsamen, verlassenen Kindern, die sich trotz der Härte des Lebens durchbeißen und schließlich belohnt werden, weil sie das Herz auf dem rechten Fleck haben. Nicht die Liebe zur Kunst habe sie zum Schreiben gebracht, es sei schlicht aus Liebe zum Leben dazu gekommen, behauptet Wildermuth.

Die Leser und vor allem Leserinnen verschlingen ihre Bücher förmlich. Nach der Lektüre würde sie plötzlich all das Gute sehen, das Gott ihr gegeben habe, schreibt ihr eine Frau aus Norddeutschland, ihr Mann werde plötzlich zum Besten aller Männer, die Kinder zu lieblichen Geschöpfen.

Aber Wildermuth schaut nicht nur mit liebevollem Blick auf die kleine schwäbische Welt, sondern hat auch eine durchaus spitze Feder. In ihrem erfolgreichsten Buch „Schwäbische Pfarrhäuser" schafft sie eine Typologie protestantischer Pfarrhäuser und erzählt von Hagestolzen und Jammerbasen, schönen Töchtern und geizigen Alten. Die Leserschaft ist begeistert, mancher Geistliche fühlt sich allerdings ertappt. Und obwohl Ottilie Wildermuth betont, dass es doch keine Steckbriefe seien, kommentiert sie süffisant, dass die Pfarrer sie hoffentlich nicht totschlagen werden.

Doch der Erfolg als Autorin hat seinen Preis. Zeitlebens leidet Wildermuth unter der Doppelt-, ja Dreifachbelastung. In den vielen Briefen, die sie schreibt, klagt sie immer wieder, dass sie geistvoll sein solle, humoristisch und belehrend, dabei habe sie keine ruhige Viertelstunde zum Nachdenken, sondern sei wie Prometheus an die alltäglichen Pflichten geschmiedet.

Sie steht um fünf Uhr morgens auf, um wenigstens ein paar Zeilen notieren zu können. Wenn die Kinder endlich angezogen, satt und ermahnt sind, dieses und jenes im Haushalt getan ist und sie endlich mit dem Schreiben beginnen will, dann warte das Butterweib schon wieder vor der Tür und wolle ihr etwas verkaufen.

Aber neben der täglichen Arbeit und dem Verfassen der Geschichten und Erzählungen ist es Ottilie Wildermuth sogar noch gelungen, intensive Briefkontakte zu pflegen zu Justinus Kerner und später zu ihrem Sohn Hermann.

Die Wildermuths haben ein offenes Haus, Studenten aus anderen Ländern und diverse Kostgänger leben unter ihrem Dach. Ständig kommen Gäste, die die berühmte Autorin kennenlernen wollen und um Rat fragen. Ihr werden Manuskripte anderer Autoren zugesandt, und sie wird um Zeitschriftenbeiträge gebeten, dann wieder will die Gesamtausgabe ihrer Werke bearbeitet sein. Und weil sie ein christliches Leben nicht nur predigen, sondern auch praktizieren möchte, eilt sie auch immer wieder mit dem Henkelkorb zu den Hütten der Unteren Stadt und unterstützt die Armen. Auf allen Feldern scheint Ottilie Wildermuth Höchstleistung zu vollbringen. Nur ihr Äußeres vernachlässigt sie dabei: Gelegentlich sehen die Tübinger die Starautorin im Negligé, unfrisiert und mit hängenden Zöpfen.

Kein Wunder, dass Ottilie Wildermuth mit Mitte fünfzig ausgelaugt und ausgebrannt ist. Sie hat ein Nervenleiden und versucht, sich mal bei der Tochter im Pfarrhaus im Meldorf zu erholen, mal in Baden-Baden bei einer Verehrerin. So leistungsfähig wie einst aber wird sie doch nicht mehr. Sie träumt von einem Häuschen im Grünen – doch es wird nichts mehr daraus. An ihrem sechzigsten Geburtstag geht es Ottilie schon nicht mehr gut, die Gelenke machen ihr zu schaffen. Ein paar Monate später stirbt sie nach einem Schlaganfall.

Ausgerechnet sie, der der Trubel um ihre Person immer ein wenig suspekt war und die eine Schriftstellerin für ein nicht beneidenswertes Ausnahmegeschöpf hielt, ist eine höchst angesehene Autorin geworden, über die in ihrem Nachruf geschrieben wird: „In Ottilie Wildermuth ist eine Zierde Schwabens dahingeschwunden.“[5]

Peters kämpft bis zu ihrem Tod 1926
für die Stuttgarter Künstlerinnen.

ANNA PETERS

(1843–1926)

SELBSTBEWUSSTE BLUMENMALERIN

„Malen kann das Frauenzimmer!“[1]

Würde sie heute leben, ginge sie vermutlich zum Therapeuten. Sie würde sich abarbeiten am Vater, an diesem strengen und dominanten Patriarchen. Früh spannt er seine Kinder in den elterlichen Betrieb ein und bildet sie selbstverständlich höchstpersönlich aus, weil er überzeugt ist, dass es keiner so gut kann wie er. Anna Peters darf nicht allein auf Reisen gehen. Ob sie in den Schwarzwald fährt oder nach Rom –

stets ist der Vater an ihrer Seite. Pieter Francis Peters verfolgt die Entwicklung seiner Mädchen mit Argusaugen. Keine seiner drei Töchter hat je geheiratet.

Aber Anna, 1843 geboren, steht als Älteste ohnehin lieber selbst ihren Mann und eifert dem Vater nach. Sie ist mit dem Pinsel in der Hand aufgewachsen – und ist eine der ersten Frauen im Land, die nicht nur malen kann, sondern mit ihrer Kunst auch Geld verdient, viel Geld sogar. Über Jahrhunderte gab es Töchter aus gutem Hause, die neben dem Sticken und Musizieren auch zeichneten und malten – professionell aber konnten sie der Kunst nur selten nachgehen. Anna Peters führt dagegen schon als junges Mädchen die Geschäfte des Vaters und verkauft bald nicht nur seine Gemälde, sondern auch ihre. Schon mit Mitte zwanzig stellt sie regelmäßig in Ausstellungen auch außerhalb Stuttgarts aus. Der Vater ebnet ihr den Weg, sie geht ihn.

Die Peters sind eine Familie, die zusammenhält. Vielleicht, weil sie keine gebürtigen Schwaben sind, sondern sozusagen Migrationshintergrund haben. Pieter Francis Peters stammt aus einer alten niederländischen Malerfamilie, sein Vater war Glasmaler in Nijmegen. Als junger Mann kommt Pieter Francis nach Deutschland und lernt bei einer Malfahrt Heinrika Mali kennen, die ebenfalls aus einer niederländischen Familie stammt. Als Anna zwei Jahre alt ist, ziehen die Peters von Mannheim nach Stuttgart. Anna und ihre beiden jüngeren Schwestern Pietronella und Ida müssen schon als Kinder Leinwände grundieren, nach Vorlagen stechen oder Motive kopieren. Nicht aus finanziellen Gründen, sondern weil niederländische Malerei immer Familienangelegenheit gewesen ist.

Den Peters geht es finanziell gut. Der Vater bekommt Aufträge bei Hofe. Er berät den König und begleitet Königin Olga von Württemberg auf ihren Reisen, die er auf Aquarellen dokumentiert. Man ist jemand – und entsprechend wird an der Ausbildung der Töchter nicht gespart, man hat ja auch nur sie und keinen Sohn, zumindest keinen leiblichen. Christian Mali, der kleine Bruder der Mutter, zieht nach dem Tod seiner Eltern in das Dreimädelhaus ein. Auch er bringt eine besondere künstlerische Begabung mit und macht sich später einen Namen als Tiermaler.

Anna besucht das Private Weidle'sche Töchterinstitut in Stuttgart und belegt im Königin-Katharinen-Stift Literaturkurse beim angesehenen Professor Eduard Mörike. Die Hauptausbildung aber übernehmen der Onkel Christian und der Vater. Der nimmt Anna von früh an mit auf seine Reisen. Sie besuchen Künstlerkollegen und besichtigen wichtige Kunststätten, sie fahren auch in die alte Heimat, wo Anna die niederländische Kunst kennenlernt.

So ist Anna nicht wie andere Mädchen ihrer Zeit. Sie hat Talent, sie ist gebildet – und durchaus selbstbewusst. Schon mit Mitte zwanzig unterschreibt sie nassforsch mit „Anna Peters, Blumenmalerin". Sie übernimmt bald die gesamten Geschäfte der Familie, unterhält die Kontakte zu Kunsthändlern im In- und Ausland und scheut sich nicht, auch für ihre eigenen Gemälde angemessene Preise zu verlangen – selbst wenn es nur Blumenstillleben sein mögen. Denn so selbstverständlich sich die Peters-Töchter in der Männerdomäne Kunst bewegen, bei der Wahl ihrer Motive wissen sie doch, was sich schickt. Hehre Historienmalerei, biblische oder mythologische Stoffe sind und bleiben Männersache. Sogar alltägliche Szenen aus dem Wirtshaus oder das muntere Markttreiben sind für Malerinnen tabu.

So verlegt Pietronella sich eben auf Kinderbildnisse, während Anna Blumen und Landschaften malt. Mit wachem Blick streift sie durch die Welt. Wenn sie durch die Paulinenstraße in Stuttgart schlendert, wo die Familie von 1845 bis 1866 wohnt, hat sie stets ihr Skizzenbüchlein dabei. Sie macht schnelle Zeichnungen von Sonnenberg, Degerloch oder Kleinengstingen, aber auch Detailstudien von Maikäfern, Fliegen oder Pflanzen, die sie später auf ihre Gemälde überträgt.

Denn Anna Peters will die Schönheit der Natur möglichst getreu und realistisch wiedergeben. Deshalb arbeitet sie auch nicht nur im Atelier, sondern schleppt ihre Staffelei lieber raus ins Freie, wo sie Blumensträuße auf einem Stein oder einer Mauer arrangiert und abmalt. Sie ist sicher keine Avantgardistin, die die Kunst revolutionieren will. Aber sie versucht durchaus, neue Impulse aufzugreifen und impressionistische Frische und Lichtmalerei in ihren Stil zu integrieren. Beim Betrachten ihrer Bilder soll man glauben, einen echten Strauß zu sehen, und den Duft der Blüten förmlich riechen.

„Malen kann das Frauenzimmer!“[2], meint zwar gönnerhaft, aber doch anerkennend der Maler Adolf Menzel. Das Fräulein Peters verkauft ihre Bilder erfolgreich an Privatleute und Museen, sie stellt aus und bekommt bei einer Ausstellung in der Nationalgalerie Berlin für ein Blumenbild sogar den ersten Preis. Sie ist geachtet und hat über den Vater nun ebenfalls gute Verbindungen zum Königshof. Aber Anna Peters ist sich durchaus bewusst, wie privilegiert sie ist – und wie viel schwerer es ihre Kolleginnen haben, die nicht in eine Malerfamilie hineingeboren wurden und sich allein durchschlagen und behaupten müssen.

Man könnte sie Feministin nennen. Anna Peters liegt die Frauenfrage am Herzen. Deshalb ist sie selbstverständlich mit von der Partie, als 1893 in Stuttgart der Württembergische Malerinnen-Verein gegründet wird. Sie ist mit Herzblut bei der Sache und viele Jahre lang Vorsitzende. Als man den Frauen, die inzwischen an der Königlichen Kunstschule in Stuttgart studieren dürfen, plötzlich wieder die Bedingungen erschweren will, ist Anna Peters eine der Wortführerinnen und protestiert energisch. Mit Erfolg: Die Frauen werden fortan in einer separaten Damenmalschule unterrichtet.

Anna Peters bewegt viel im Stuttgarter Kunstleben. Dabei helfen ihr nicht nur ihre Erfahrungen mit Betrieb und Handel, sondern als unverheiratete und kinderlose Frau kann sie sich auch ganz der Kunst und dem Kampf für die Arbeitsbedingungen der Künstlerinnen widmen. Was auch immer der Verband unternimmt, Anna ist dabei. Keine Ausstellung, kein Vortrag ohne sie, vor allem auch kein Fest. Die legendären Bälle, die die Malerinnen in der Stadt veranstalten, werden immer von den Peters-Schwestern ausgestattet. Und als man später in der Stuttgarter Eugenstraße ein Haus kaufen will, ist es für Anna Ehrensache, dass sie als Besserverdienerin dem Verband einen großzügigen Kredit gewährt.

So steht Anna Peters als erfolgreiche Berufsmalerin mitten im Leben. Die Familienbande aber bleiben eng geknüpft. Anna ist nun fast fünfzig, und wenn sie im Sommer auf Schloss Köngen fährt, wohin der württembergische Minister Jacob Friedrich Weishaar Künstler einlädt, dann ist der Vater selbstverständlich auch mit dabei. Auch Christian Mali, der ebenfalls ledig bleibt, ist gern zu Gast. Obwohl die Peters häufig nach Köngen kommen, halten sie Distanz zum Dorf und seinen Einwohnern – und bleiben lieber auf dem Schloss unter sich. Auch nach dem Tod des Vaters 1903 reisen die Schwestern noch gelegentlich nach Köngen und speisen in der „Linde" zweierlei Fleisch und warmen Nachtisch um 85 Pfennig.

1912 bauen sich die Schwestern auf dem Sonnenberg in Stuttgart ein Haus mit einem Atelier für Pietronella und einem für Anna. Der Sonnenberg ist ein wahres Naturparadies mit Obstgärten, Sommer- und Wochenendhäuschen, und Anna findet ihre Motive nun direkt vor der Tür, im üppigen Garten. Sie malt Blüten und Gräser, mit Moos bewachsene Steine und Zweige mit Früchten, hier eine Fliege, dort eine Schnecke – und immer wieder ihre Rosen, die sie besonders liebt.

Anna ist die Älteste, aber überlebt ihre beiden Schwestern. Bis ins Alter malt und verkauft sie, hat viele Freunde und wohnt recht behaglich auf dem Sonnenberg mit ihrem Hündchen Peter. Ihre Hilfe Elise kümmert sich um Anna, als sie zunehmend schwächer wird und immer weniger Kraft fürs Malen hat.

Ein paar Wochen vor ihrem Tod erscheint Anna im Traum noch einmal ihre Schwester Ida. Aber, aber, sagt sie irritiert, sie habe doch alle Türen geschlossen – und Ida antwortet „Weißt du, Anna, Türen und Schlösser hindern mich jetzt nimmer."[3]

1926 endet die Ära der traditionsreichen Künstlerfamilie Peters. Anna soll ihren Rosen noch Adieu gesagt haben, bevor sie mit dreiundachtzig Jahren sanft und ohne Schmerzen stirbt. Sie wird in aller Stille auf dem Stuttgarter Pragfriedhof, auf dem sich das Familiengrab der Peters befindet, eingeäschert. Die Zeitungen berichten voller Respekt über den Tod der Blumenmalerin, der sogar die Goldene Medaille für Kunst und Wissenschaft des Königreiches Württemberg verliehen wurde und die bis zu ihrem Lebensende selbstverständlich Ehrenpräsidentin des Malerinnenvereins ist. Sie sei eine hochgeschätzte und charaktervolle Persönlichkeit gewesen, schreibt ein Nachrufer, und werde sicher auch noch im Himmel malen – natürlich Rosen.

Knopf im Ohr: 1880 näht Steiff
das erste Stofftier.

MARGARETE STEIFF

(1847–1909)

SPIELZEUGFABRIKANTIN IM ROLLSTUHL

„Für Kinder ist nur das Beste gut genug."[1]

Andere hätten Todesangst gehabt, wären vielleicht sogar traumatisiert gewesen. Mit zwei gelähmten Beinen und einem unbeweglichen Arm ins Wasser stürzen? Als Margarete Steiff dagegen in die Brenz fällt und das gelähmte Mädchen gerade noch rechtzeitig herausgefischt wird, bleibt sie gelassen. Was sie getan hätte, wollen die Erwachsenen wissen, wenn man sie nicht gerettet hätte? Ach, sagt das

Mädchen, sie wäre einfach zu ihrer Patentante in die Klingenmühle geschwommen.

Man muss sich eben zu helfen wissen. Und Margarete Steiff, die als Einjährige Kinderlähmung bekommt und seither von den Großen durch die Welt getragen werden muss oder in einer Holzkarre sitzt, ist niemand, der sich trübsinnig dreinfügen will. Das 1847 geborene Mädchen ist aufgeweckt und lebenslustig – und will sich von der streng protestantischen Griesgrämigkeit ihrer Familie nicht unterkriegen lassen. Im Hause Steiff ist man nicht arm, aber bescheiden. Gläubig, strebsam, freudlos. Die Mutter sei eine entschiedene Feindin von jedem Vergnügen und jeder Erholung gewesen, erinnert sich Margarete Steiff später, „das stand einfach nicht in ihrem Wörterbuch, nur arbeiten und wieder arbeiten."[2]

Dabei hat es Margarete Steiff letztlich nicht viel anders gemacht in ihrem Leben: Sie hat sich hochgearbeitet. Von der einfachen Lohnnäherin, die bei den Familien im Ort die Aussteuer bestickt und Namen im Kreuzstich näht, bringt sie es zur erfolgreichen Geschäftsfrau. Die Steiff-Tiere, die in ihrer Fabrik in Giengen an der Brenz bis heute produziert werden, erlangen Weltruhm. Das „Gretle", für das in seiner erzkonservativen Heimat eigentlich nur das Leben einer traurigen alten Jungfer im Rollstuhl vorgesehen ist, macht Weltkarriere.

Das größte Glück der kleinen Margarete sind zwei kleine Töpfchen und eine Handvoll Linsen. Das Spielzeug, das sie bei den Nachbarn benutzen darf, wird nur noch übertroffen von einer Schachtel mit Knöpfen, die sie von einer Bekannten bekommt. Denn richtige Spielsachen gibt es für die Kinder nicht. Wenn sie nicht im Haus helfen müssen oder in der Schule sitzen, jagen sie durch die Gassen, toben durch den Wald oder spielen am See.

Margarete dagegen tut alles, damit sie nicht allein in der Stube hocken muss, sondern in ihrem Holzwägelchen draußen vor der Tür sitzen kann. Sie ist gesellig, und weil sie nicht mit den anderen Kindern rennen kann, dreht sie den Spieß um und regiert wie eine kleine Königin in ihrem Karren: Sie ist der Mittelpunkt, initiiert Spiele, kommandiert auch ein wenig. Aber natürlich springen die Kinder auch fort von ihr, und sie bleibt zurück mit den ganz Kleinen, die die Eltern in ihre Obhut gegeben haben. Sie ist der Babysitter im Ort – und liebt diese Aufgabe allein deshalb, weil sie dann schon nicht häkeln muss.

Es ist erstaunlich, dass sich der Siegeszug der Margarete Steiff ausgerechnet auf Handarbeit begründet, die ihr so gar nicht liegt, eben weil sie ihren rechten Arm nur eingeschränkt nutzen kann. Wenn sie nach der Schule mit den Schwestern in die Nähschule geht, erzählt sie gern Geschichten und singt. Aber das Nähen ist in dieser Zeit für Frauen auf der Schwäbischen Alb die einzige Möglichkeit, eine gewisse Autonomie zu erlangen. Auch für die behinderte Margarete.

So streng die Mutter gewesen sein mag, wenn man den Aufzeichnungen von Margarete Steiff glauben darf, wird Margarete nie wegen ihrer Behinderung benachteiligt oder gar gehänselt, sondern im Gegenteil stark unterstützt. Die anderen Kinder im Dorf tragen sie ins Klassenzimmer. Die Großeltern, die das gut gehende Gasthaus „Zur Kanne" betreiben, nehmen Gretel häufig zu sich – und für das Mädchen ist es ein Glück, dem freudlosen Elternhaus und der überforderten Mutter zu entkommen. Der Opa holt sie oft in seine hintere Stube, damit sie den Schafen zuschauen kann. Er verwöhnt das Kind: „Und wie gut war Großvaters Kaffee!"[3], erinnert sie sich noch Jahre später.

Die Eltern lassen auch keine ärztliche Behandlung unversucht, weil sie immer noch hoffen, dass das Mädchen eines Tages doch wird laufen können. So wird sie im Sommer 1856 zu August Hermann Werner geschickt, der in Ludwigsburg eine Kinderheilanstalt betreibt und seine Krankenschützlinge nicht nur körperlich behandelt, sondern auch unterrichten und hochpäppeln will. Es gibt genug zu essen und manchmal sogar einen Schoppen Wein oder Bier für die Kinder.

Für Margarete ist es wie eine Befreiung, sie lebt auf in der Familie des Arztes, in der ein liebevoller, fürsorglicher Umgang gepflegt wird. Auch wenn ihre Beine erfolglos operiert werden, genießt sie diese Monate in der Fremde. Mit anderen Kindern wird sie zur Kur nach Bad Wildbad geschickt. Dort liegt sie im sprudelnden, warmen Wasser, der Boden des Beckens ist mit einer dicken Sandschicht belegt. Stundenlang spielen die Kinder ausgelassen und wühlen, zum Verdruss der Badefrau, den Sand lustvoll auf.

Es ist ein Leben in großer Freiheit für Margarete, sie darf nach Lust und Laune im Garten, allein oder mit den anderen, Versteck spielen, selbst wenn ihre Kleider dabei ordentlich dreckig werden. Es sind unbeschwerte Monate für das Mädchen im Rollstuhl, die feststellt, dass die anderen Kinder schlimmere Beschwerden als sie haben. Manche leiden unter Schmerzen, sodass sich Margarete plötzlich als die gesündeste von allen erlebt.

„Für Kinder ist nur das Beste gut genug“[4], lautet Jahre später das Motto der Firma Steiff – als habe Margarete wiedergutmachen wollen, was ihre Mutter an ihren Kindern versäumt hat. Im Lauf ihres Lebens scheint sie sich mit der allzu arbeitsamen Frau versöhnt zu haben. Sie sei ihrer Mutter von Herzen dankbar, dass sie sie nicht verwöhnte und dass sie nicht wie andere kranke Kinder verzärtelt wurde. Das hat sie robust und hart im Nehmen gemacht, als wolle sie sich ständig selbst beweisen, dass sie nicht schwächlich, nicht behindert ist.

Zehn Jahre arbeitet Margarete in der Nähstube, die die Schwestern im Haus der Eltern eröffnet haben. Aber sie will unabhängig sein. Zu ihrem 27. Geburtstag schenkt der Vater ihr einen Grundriss des Hauses: Er sieht einen An- und Umbau vor, damit Margarete eine eigene Werkstatt eröffnen kann und nebenan ein eigenes Schlafzimmer bekommt. Endlich ist sie autonom und verkauft im „Filz-Versandgeschäft Margarete Steiff" Zeitungshalter, Decken, Filzunterröcke und Schreibunterlagen zum Selbstbesticken.

Es gibt verschiedene Geschichten, wie das erste Stofftier der Margarete Steiff entstanden sein soll. Sicher ist: In der Zeitschrift „Die Modewelt" findet sie die Vorlage für einen Elefanten, der ausgepolstert werden soll – ob als Nadelkissen oder bereits als Spielzeug, ist unklar. Margarete Steiff nimmt aber anstelle der angerauten Baumwolle Filz und füllt das Tier mit weicher Schurwolle – und schenkt den Elefanten den Kindern aus ihrer Familie. Und weil er so gut ankommt, fertigt sie weitere Tiere in verschiedenen Größen.

1880 ist somit das erste Steiff-Tier entstanden – und die Tierfamilie wächst um Esel, Pferd, Schwein und Kamel. Der Betrieb wird größer, die Zahl der Mitarbeiter und Näherinnen steigt und steigt. Aus der Manufaktur wird eine Fabrik. Margaretes Neffen treten in den Betrieb mit ein – und die Produktpalette erweitert sich. Neben den Stofftieren werden auch Reittiere mit einem stabilen Holzskelett gefertigt – unverwüstlich für Knaben bis zu fünf Jahren, wie es in der Werbung heißt. Ihr Neffe, Richard Steiff, erfindet schließlich einen Bären mit beweglichen Gliedmaßen. Der Teddy-Bär wird ein Erfolgsschlager – und verkauft sich millionenfach nach Übersee. Die Firma des „Fräulein Margarete Steiff" hat zeitweise 800 Mitarbeiter.

Und so wird aus dem Mädchen, das im Holzkarren in der Gasse stand und alles tat, damit die Kinder nicht fortlaufen, eine Patronin, die im Grunde noch immer alles gibt, damit die Menschen um sie herum sind, damit sie ein Teil der Gemeinschaft ist, eine, die dazugehört. Ganz selbstverständlich ist sie ständig im Betrieb und mitten in der Produktion, oft genug bei den Näherinnen. Daheim wäre es ihr nur langweilig. Die Neffen bekommen verantwortungsvolle Posten in der Firma – und so schafft es Margarete Steiff, dass auch die gesamte Familie, die Ehefrauen der Neffen, die Kinder und Kindeskinder stets um sie herum sind. Die alleinstehende, kinderlose Frau im Rollstuhl hat ihrem Schicksal ein Schnippchen geschlagen.

Als Margarete Steiff mit einundsechzig Jahren an einer Lungenentzündung stirbt, hinterlässt sie einen großen Betrieb und ist eine höchst angesehene Frau in Giengen. Die Fahnen hängen auf Halbmast, der Leichenwagen wird von Schimmel und Rappen gezogen. Und bis heute werden unter ihrem Namen in dem großen Familienbetrieb Stofftiere produziert – mit Knopf im Ohr.

Die Idee zu dem kleinen Knopf hat übrigens Margaretes Neffe Franz. 1904 lässt man sich die Bezeichnung „Knopf im Ohr" schützen. Mehr als hundert Jahre später hebt das Gericht der Europäischen Union den Schutz des Markenzeichens allerdings wieder auf. Knöpfe und kleine Schilder im Ohr, so die Meinung der Richter, seien „übliche Gestaltungselemente"[5] für Stofftiere.

Bertha Benz fährt 1888 mit dem motorbetriebenen „Hexenkarren" von Mannheim nach Pforzheim.

BERTHA BENZ

(1849–1944)

ERSTE AUTOFAHRERIN DER WELT

„Leider wieder nur ein Mädchen!"[1]

Wenn die Ehefrau noch vor Sonnenaufgang die Kinder aus den Betten holt, den Wagen vorsorglich aus der Garage schiebt, um den Motor erst außer Hörweite anzulassen, und zu ihren Eltern fährt, dann könnte man meinen: Mit der Beziehung steht es nicht zum Besten, da nimmt jemand Reißaus, die Ehe ist gescheitert. Als Bertha Benz aber in den

Sommerferien heimlich in das Auto steigt, ist sie im tiefsten Inneren davon überzeugt, dass ihr Carl es ihr letztlich danken wird, dass diese Fahrt ihn aus seiner Verzweiflung herausreißen wird und es endlich aufwärtsgeht. Deshalb die Heimlichkeiten, schließlich hätte Carl ihr die Fahrt niemals erlaubt. Denn Bertha besitzt keinen Führerschein. Außerdem hat Carl Zweifel, dass der Wagen die Strecke von Mannheim nach Pforzheim schaffen wird. Er muss es wissen, er hat ihn selbst gebaut.

Doch in diesem Sommer 1888 beweist Bertha Benz nicht nur ihrem Carl, sondern im Grunde der ganzen Welt, dass dieses eigentümliche, hochbeinige, dreirädrige Gefährt, das ihr Mann in jahrelanger Arbeit entwickelt hat, fahren kann. Ohne Pferde. Mehrere Tage sind Bertha und ihre beiden Söhne unterwegs. „Hexenkarren“ nennen die Leute am Wegesrand das Fahrzeug und sind überzeugt, dass in einem Wagen ohne Gaul nur der Teufel reisen kann. Als Bertha und ihre Söhne in Pforzheim vor dem Hotel „Post“ haltmachen, schauen sie tatsächlich aus wie nach einem Ritt durch die Hölle: rußig, staubig und verschmiert.

Trotzdem hat diese abenteuerliche Reise Bertha Benz berühmt gemacht. Ihr Mann Carl hat zwar das motorbetriebene Auto konstruiert, aber wer weiß, ob er diese weltbewegende Erfindung ohne sie zur Marktreife hätte bringen können. Bertha Benz unterstützt ihren Mann nicht einfach, sie feuert ihn regelrecht an und zieht ihn am Schopf, wenn die Verzweiflung ihn mal wieder fortreißen will. Immer wieder pumpt sie die Verwandtschaft an, treibt hier und dort Geld auf, damit Carl seine Experimente fortsetzen kann. Denn Bertha Benz ist im tiefsten Innern davon überzeugt, dass sich ein Wagen von einem Motor wird antreiben lassen. Und dass ihr Mann derjenige sein wird, dem dieses Wunderwerk gelingt – früher oder eben später.

Bertha Benz ist eine ehrgeizige Frau. Hätte sie in einer anderen Zeit gelebt, hätte sie vielleicht selbst Karriere gemacht. Sie aber weiß, was sich für eine bürgerliche Frau ihrer Generation gehört: Sie muss den Mann unterstützen und selbst in der zweiten Reihe stehen. Sie ist überzeugt, dass es sich so gehört.

Trotzdem will Bertha beweisen, dass auch sie im Leben zu etwas taugt, dass sie mehr kann, als Kinder aufzuziehen und den Haushalt zu versorgen. Denn es sitzt tief, dass die Mutter nach ihrer Geburt in die Familienbibel geschrieben hat, dass es leider wieder nur ein Mädchen sei. Ein Satz, der Bertha sowohl kränkt als auch anspornt. Wie zum Triumph führt ihre heldenhafte Jungfernfahrt deshalb nach Pforzheim zu den Eltern. Leider ist die Mutter bei ihrer Ankunft verreist.

Bertha Benz, 1849 geboren, ist das dritte von neun Kindern. Der Vater hat es als Zimmermann und Baumeister zu Wohlstand gebracht, sodass man den Kindern, auch den Mädchen, eine gute Schulbildung ermöglicht. Bertha geht zehn Jahre lang auf das Pädagogium in Pforzheim, wo sie allgemeinbildende Fächer belegt, Französisch lernt, aber auch das, was man als Haus- und Ehefrau können muss: Nähen, Stricken, Sticken, Häkeln.

Bei einem Ausflug ins Kloster Maulbronn lernt sie Carl kennen. Er sieht gut aus mit seinen dunklen Haaren und dem schmalen Schnauzbart und ist zudem ein begnadeter Tänzer. Er hat gerade in Pforzheim bei den Gebrüdern Benckiser eine Stelle angetreten. Selbst wenn er katholisch ist, sind die Eltern zufrieden mit dem jungen Mann – und befürworten die Heirat.

Es ist Liebe, die die beiden zusammenbringt, aber Bertha interessiert sich von Anfang an auch für Carls Pioniergeist. Schon als Junge hat er die Taschenuhren, die er von seinem früh verstorbenen Vater erbte, auseinandergenommen und wieder zusammengesetzt. Er hat sich mit einer einfachen Camera Obscura in der Porträtfotografie versucht und am Karlsruher Lyzeum manchen freien Nachmittag in der „Giftbude" verbracht, um die Experimente seines Professors vorzubereiten. Als er Bertha kennenlernt, hat Carl eine klare Vision: Eines Tages will er ein motorbetriebenes Gefährt konstruieren.

Bertha tut das nicht als Spinnerei ab – sondern lässt sich anstecken von der Idee. Da Carls Karrierechancen in Pforzheim begrenzt sind, beschließen sie, dass er sich in Mannheim mit einem Kompagnon selbstständig machen und Gasmotoren herstellen wird, mit denen Maschinen angetrieben werden können. Allerdings kommt das Geschäft nicht in Gang, weshalb Carl die Hochzeit hinauszögert. Als es Bertha schließlich zu dumm wird, reist sie mit ihrer Mutter nach Mannheim und stellt fest, woran der Betrieb krankt: an Konflikten mit dem Kompagnon. Kurzerhand zahlt sie diesen mit einem Teil ihres Erbes aus. 1872 wird endlich geheiratet, und Bertha meldet stolz ihren ersten „selbständigen Hausstand"[2] beim Amt an.

Im Ehevertrag lässt die geschäftstüchtige Bertha zwar vermerken, dass ihr Barvermögen ihr alleiniges Eigentum bleiben soll. Aber im Lauf ihrer Ehe wird sie Carl immer wieder finanziell aushelfen, leiht bei den Eltern und den Schwestern Geld, mal, weil Carls Geschäfte nicht gut laufen, mal, weil sie an die Werkstatt eine Wohnung mit zwei Zimmern und Küche anbauen und dafür Schulden machen müssen. Carl hat viele Ideen, doch Geld bringen sie nicht ein. Er entwickelt eine Maschine zum Pressen von Tabaksballen, aber sie verkauft sich nicht. Er liest von der Erfindung des Fernsprechers und baut eine Anlage, mit der man zwischen Haus und Werkstatt telefonieren kann – aber sein Konzept lässt sich nicht vermarkten.

Carl ist fleißig, er ist ein Pionier und Erfindergeist, aber ein Geschäftsmann und Menschenkenner ist er nicht. Mal gründet er mit einem Freund ein Unternehmen, mal mit Geldgebern eine Aktiengesellschaft, aber es ist immer das gleiche Muster: Es kommt zu Zerwürfnissen, Carl wird als der kreative Kopf ausgebootet oder übervorteilt, hier geschieht ihm Unrecht, dort fürchtet er um die Rechte an seinen Erfindungen. Es ist eine stete Achterbahnfahrt mit Aufschwüngen und Abstürzen. Immer wieder muss Carl bei Null beginnen. Bertha aber muntert den „Paps", der oft verstimmt und verzagt ist, doch immer wieder auf.

Bertha hält den Betrieb mit klarem Regiment am Laufen. Die fünf Kinder werden streng erzogen, sollen wissen, was sich gehört. Bertha haushaltet sparsam, baut selbst Gemüse an, flickt, stopft, klagt nicht und geht stoisch durch die vielen Krisen. Als sie 1877 allerdings ihre Tochter Klara auf die Welt bringt, wird gerade die Werkstatt zwangsversteigert. Bertha und Carl sind endgültig am Tiefpunkt angekommen.

Die Leute reden, machen Bertha Vorhaltungen: Der „Erfindungsdusel" bringe sie noch „um Hackel und Packel"[3]. Das schmerzt sie, wobei auch sie immer häufiger Sorgen plagen, dass „Paps'" Erfindung sie noch ruinieren wird.

Berthas Strategie: arbeiten und nicht verzweifeln. So hält sie es auch in der Silvesternacht 1878/79. Sie ist unruhig, etwas treibt sie an. Deshalb besteht sie darauf, mit Carl in die Werkstatt zu gehen und erneut zu versuchen, den Eisenklotz in Bewegung zu setzen. Bis Mitternacht und mit größter Kraftanstrengung probieren die beiden wieder und wieder, das Schwungrad in Gang zu setzen. Und da: Plötzlich gibt es eine Zündung – und der Motor läuft. Zum ersten Mal.

Es wird noch einige Jahre dauern, bis es Carl gelingt, den Motor für einen Wagen nutzbar zu machen. Immer wieder bespricht er sich mit Bertha, die an jedem Detail teilnimmt, sich mit Ketten und Zahnrädern auskennt, mit Differenzial und Zündung. Sie gibt Carl sogar einmal das Untergestell ihrer Nähmaschine. Für sie ist es selbstverständlich, ebenfalls mit der Technik vertraut zu sein.

1888 ist der Motorwagen fertig. Kaufinteressenten gibt es nicht. Verständlich, meint Bertha, man kaufe schließlich nur, was man kennt. Deshalb unternimmt sie hinter Carls Rücken diese legendäre Reise, die zu einem Volksauflauf führt. Unterwegs ist ständig etwas zu reparieren: Mal ist die Benzinleitung verstopft, die Bertha mit ihrer Hutnadel wieder frei macht. Mal bricht die Zündung auseinander, und Bertha repariert sie mit ihrem Strumpfband. Die Ketten längen sich in der Sommerhitze, sodass ein Schmied sie kürzen muss. Auf die Bremsklötze müssen neue Lederflecken genagelt werden. Die Jungen schöpfen frisches Kühlwasser aus dem Stadtbrunnen, und in Wiesloch machen sie Station, um in der Apotheke Benzin zu kaufen.

Die eigentliche Herausforderung aber ist die Schwarzwaldstraße. Wenn es den Berg hochgeht, müssen Bertha und der fünfzehnjährige Eugen das schwere Gefährt schieben, während Richard lenkt. Pferdekutschen fahren vorbei, Fußgänger überholen sie – das Auto als langsamstes Fortbewegungsmittel.

Und doch: Bertha beweist der Welt, dass das Automobil von „Paps" Benz auch für weite Fahrten taugt. Selbst wenn die Bremsen unerprobt, der Motor schwach, die Lenkung wackelig ist: Das Modell bewährt sich. Nur eines legt Bertha ihrem Mann ans Herz: einen dritten Gang für Bergfahrten. Er befolgt ihren Rat selbstverständlich – und Bertha ist sehr stolz, dass später jeder Wagen „ihren" dritten Gang besitzt.

Berthas unbeirrbarer Glaube zahlt sich also aus. Nach ihrer geglückten Probefahrt etabliert sich das Automobil allmählich. Bei der Wende vom 19. zum 20. Jahrhundert ist Benz der größte Autohersteller der Welt. Die Firma wächst und wächst – und nicht nur die Produktion weitet sich aus, auch die Familie bezieht nun auf dem Werksgelände eine großzügige Wohnung, die ihrer neuen gesellschaftlichen Stellung entspricht. Die Familienausflüge am Sonntag sind zugleich Testfahrten, bei denen die Kinder, Jungen wie Mädchen, am Steuer sitzen.

Ein Happy End ist es trotzdem nicht. Immer wieder gibt es Turbulenzen. 1903 verlässt Carl sein Unternehmen in Mannheim, es gibt – wieder mal – Unstimmigkeiten mit

Teilhabern. Die Familie zieht zunächst nach Darmstadt, dann nach Ladenburg, wo Carl mit seinen Söhnen die Fabrik „Carl Benz Söhne" gründet. Bertha kümmert sich mit einem Architekten um den Umbau der von ihnen erworbenen Villa. Sie will der Welt nun zeigen, dass sie es geschafft haben, sie will als Lohn für die ewigen Entsagungen endlich zur Oberschicht gehören. Die Töchter machen nun Hausmusik und werden für Bälle hübsch ausstaffiert. Man interessiert sich für die neue Mode. Die Söhne sind begeisterte Autosportler und fahren im Sommer Rennen. Nur die alten Möbel behält Bertha. Sparsam ist sie eben immer noch.

Nicht nur Carl, auch Bertha erhält im Alter manche Auszeichnung und Ehrung. Nach dem Tod ihres Mannes 1929 wird sie unter anderem zur Ehrensenatorin der Technischen Universität in Karlsruhe ernannt. Manche wollen ihr den Erfolg streitig machen – nicht sie, sondern die Söhne hätten gelenkt, außerdem gebe es keine Zeugnisse der Fahrt. Trotzdem wird Bertha Benz zum Mythos stilisiert als jene Frau, die die erste Fernfahrt der Welt unternahm. Man nennt sie „Mutter Benz" oder „Mama Benz".

Ein bewegtes Leben mit vielen Höhen und Tiefen: Bertha Benz hat den Deutsch-Französischen Krieg erlebt und den Ersten Weltkrieg. Danach brechen die Aufträge weg, weil man auf die Rüstung gesetzt hatte. Bei der Inflation büßen sie einen großen Teil ihres Vermögens ein. Hoch betagt erlebt Bertha Benz schließlich auch noch den Zweiten Weltkrieg und muss mit über neunzig Jahren bei den nächtlichen Angriffen auf Mannheim in den Luftschutzkeller flüchten.

Zwei Tage nach ihrem 95. Geburtstag stirbt sie. Auf der Trauerfeier im Mannheimer Krematorium stehen die Parteigenossen Spalier, und es erweisen ihr zahlreiche Vertreter von Partei, Staat und Wehrmacht die Ehre, weil auch die Nationalsozialisten davon profitierten, dass durch diese Frau eine weltbewegende Idee auf den Weg gebracht wurde.

1876 flieht Isolde Kurz aus dem engstirnigen Tübingen.

ISOLDE KURZ

(1853–1944)

HOCHGEBILDETE DICHTERIN

„Vom Gemeinderat bis zur Gassenjugend hinunter führte eine ganze Stadt Kleinkrieg gegen mich.“[1]

Ideen hat diese junge Frau! Erst will sie am akademischen Reiterkorps teilnehmen und reitet an der Spitze des Studententrupps durch die Straßen von Tübingen. Dann aber verdirbt es sich Isolde Kurz mit so ziemlich allen Tübingern. Sie wurmt es, dass die Jungen ins Schwimmbad springen, während die Damen in engen Badehütten am Neckar sitzen müssen.

Also wird sie beim Senat vorstellig und bittet, das Schwimmbad für Frauen zu öffnen – und wenn es nur eine Stunde pro Woche ist. Abgelehnt. Isolde Kurz bekommt die geballte Häme der Bevölkerung ab, sodass sie beschließt: Sie muss weg! Raus aus dem engen, dumpfen Tübingen, fort von den Spießbürgern!

Mit dreiundzwanzig Jahren sagt Isolde Kurz Tübingen Adieu, jener Stadt, in der sie aufgewachsen ist und doch nicht recht glücklich wurde. Die Familie Kurz ist anders, über sie wird reichlich getratscht und gelästert. Die Mutter ist eine überzeugte Demokratin und begeisterte Anhängerin von Rousseau und den Ideen der Französischen Revolution. Sie hat sogar ihren Adelstitel ablegt und hält in früheren Jahren als „rote Marie" auf dem Esslinger Marktplatz kämpferische Reden. Sie will ihre Kinder frei erziehen. „Heidenkind"[2] wird Isolde gerufen, weil im Hause Kurz kein Wort über das Christentum verloren wird – um den Kindern Gewissenskonflikte zu ersparen. Der Vater Hermann Kurz ist Bibliothekar und Schriftsteller mit mäßigem Erfolg. Er hält sich aus allem heraus, sitzt in seiner Dachstube und will seine Ruhe – auch vor der Familie.

Andere Mädchen in ihrem Alter lernen nähen, kochen, putzen. Isolde lernt Latein, Englisch, Literatur und Philosophie. Dabei besucht sie nie eine Schule. Die Mutter hält nichts von der typischen Ausbildung der Mädchen und beschließt, ihre einzige Tochter selbst zu unterrichten. Das Elternhaus ist so prall gefüllt mit Geist, Wissen, Literatur, dass die Kinder gar nicht anders können, als aufzusaugen, was andere mühsam erlernen. Mit vier Jahren kann Isolde bereits lesen und schreiben. Mit sechs Jahren kennt sie Gedichte von Uhland und Schiller. Mit zehn Jahren übersetzt sie mal eben Voltaire in deutsche Blankverse.

Die Kurz-Kinder wachsen auf mit griechischen Göttern und Helden. Sie spielen die Schlacht um Troja nach mit selbst gebastelten Kriegswagen, Schilden und Leiern. Isolde darf wie die Jungen nach Lust und Laune im Freien herumtoben, die Mutter verbietet ihr sogar, Hausarbeit zu machen. Trotzdem sagen die Brüder „bloß es Mädle“[3] über die Schwester. Als sie erste Versuche im Schreiben wagt und im Stil von Schiller dichtet, machen sich die Brüder lustig, während die Mama die Texte stolz ihren Gästen vorliest. Isolde schämt sich in den Boden und stellt das Dichten wieder ein.

Überhaupt: die Mutter. Zeitlebens ist sie ihrer Tochter auf den Fersen. Sie mag der Gesellschaft den Kampf angesagt haben, in alltäglichen Dingen aber ist sie hilflos und unselbstständig. Sie braucht permanent Gesellschaft – und auch wenn sie eine Weile emsig Heiratspläne für die Tochter schmiedet, lässt sie Isolde letztlich nie frei.

So ist Isoldes Abschied von Tübingen kein echter Aufbruch in die Freiheit. Sie zieht 1873 nach München, wo ihr Bruder Erwin Kunst studiert, während sie selbst nun Sprachunterricht gibt und Übersetzungen macht. Vom ersten Honorar lässt sie – als wolle sie es den Tübingern trotzig zeigen – auf dem Alten Friedhof ein Marmordenkmal für ihren 1873 verstorbenen Vater errichten. Seit seinem Tod hört Isolde wieder die Stimme des „Anderen“[4], wie sie ihr poetisches Ich nennt, und beginnt mit dem Schreiben: Gedichte, Märchen. Sie veröffentlicht stolz ihre erste Novelle – auch wenn ihr Freund und Berater Paul Heyse ihr abgeraten hat.

Doch München ist nur eine kurze Etappe. Schon ein Jahr später zieht Isolde weiter nach Florenz – mit der Mutter und dem herzkranken Bruder Garibaldi im Schlepptau. Ihr Bruder Edgar hat hier eine gut gehende Praxis. Isolde findet Freunde, den Bildhauer Adolf Hildebrand und seine Frau Irene, die in einer schönen Villa außerhalb der Stadt leben. Sie geht mit zwei russischen Schwestern zum Tanzen oder fährt mit ihnen ans Meer. Und fast hätte sich eine zarte Liebe zwischen ihr und einem lombardischen Grafen entwickelt, wäre der nicht plötzlich gestorben.

Isolde Kurz glaubt nicht an ihr Talent, die Freunde ermutigen sie dagegen, ihre Gedichte zu veröffentlichen. Ihre „Phantasien und Märchen“ erscheinen und schließlich die „Florentiner Novellen“ mit Geschichten aus der italienischen Renaissance. Ein großer Erfolg, durch den sie bei einem breiteren Publikum bekannt wird. Nachdem einst ein Verleger ihre Gedichte nicht drucken wollte, weil die Sprache für ein Mädchen zu kraftvoll sei, wird Isolde Kurz nun eine anerkannte Autorin.

Sie hat sich also befreit aus der Rolle, die für Frauen ihrer Zeit vorgesehen ist – einerseits. Trotzdem muss Isolde Kurz andererseits ernüchtert feststellen, dass ihr Leben auch in Italien nicht so frei ist, wie sie es erhofft hatte. Auch hier erregt sie Aufsehen, weil sie allein außer Haus geht. Eine Feministin ist sie nicht, trotzdem kommt für sie eine Heirat nicht infrage, sie weiß, dass es den emanzipierten Mann, der seine Frau als seine ihm ebenbürtige Partnerin akzeptiert, noch nicht gibt.

Also lebt sie allein – mit der Mama. In Forte die Marmi baut sie sich ein Haus, das sie mit viel Liebe einrichtet, unterstützt von befreundeten Künstlern. Sie schreibt viel, auch wenn sie selbst den Eindruck hat, dass die Mutter sie ständig davon abhält. Mal will die herzkranke, aber vor allem auch unruhige alte Dame nach München, dann wieder nach Italien – und sie entwickelt sich „mit der Zeit zur heimlichen Marter“[5], wie Isolde konstatiert. Sie zieht mit der Mutter von hier nach dort – veröffentlicht aber dennoch neue Gedichte und Aphorismen, die Biografie des Vaters und der verstorbenen Brüder.

Als die Mutter 1911 nach langer Krankheit in München stirbt, ist Isolde selbst schon fast sechzig – und überrascht, dass sie sich nach dem Tod weniger einsam fühlt als befürchtet. Zum ersten Mal in ihrem Leben gibt es nun aber auch einen Mann an Isoldes Seite: Ernst Mohl, ein Jugendfreund aus Tübinger Zeiten, mit dem sie immer in Briefkontakt stand. Er hat viele Jahre in Russland gelebt und war Staatsrat in St. Petersburg. Nun kehrt der Witwer zurück zu seiner Jugendliebe und zieht in München in die Wohnung unter ihr.

Mohl ist ein ausgeglichener Mensch, er tut Isolde gut. Sie erfüllt sich einen Jugendtraum und wandelt mit Mohl bei einer Griechenland-Reise auf den Spuren der antiken Heroen ihrer Kindheit. Sie reiten auf Mauleseln, unternehmen strapaziöse Wanderungen, schlafen in einfachsten Unterkünften – aber Isolde ist voller Euphorie und Elan und hält die vielen Eindrücke in einem ausführlichen Reisebericht fest. Sie fahren auch durch Deutschland, das die Dichterin wegen der vielen Jahre im Ausland kaum kennt. Sylt erinnert sie an die sagenhafte Insel Thule, der Teutoburger Wald an die Germanen und deren alte Götter.

Als der Erste Weltkrieg ausbricht, erfasst Isolde Kurz wie so viele Deutsche eine nationalistische Begeisterung. Dass ihre Gedichtsammlung „Schwert aus der Scheide“ sogar von den Soldaten in den Schützengräben gelesen wird, behagt ihr aber dann doch nicht: Kriegstreiberin will sie nun wirklich nicht sein.

Isolde Kurz kann den politischen Geist und die sozialistischen Ideen ihrer Mutter nie recht begreifen. Sie selbst hat immer das Gefühl, anders, besonders zu sein und ist insgeheim sogar stolz auf ihre adelige Abstammung. Sie ist eben auch durch und durch Bildungsbürgerin und in der Faszination für die alten Mythen ein wenig rückwärtsgewandt. Nachdem ihr die Universität Tübingen 1913 die Ehrendoktorwürde verliehen hat, lässt sie sich nun auch allzu gern mit „Frau Doktor“ anreden.

Isoldes Verhältnis zu den Nationalsozialisten ist ambivalent. Sie lehnt den Antisemitismus ab, doch ihr gefällt es, dass die Nazis sich auf die germanische Mythologie und die eigene Geschichte besinnen. Sie bejubelt sogar den „Wiederanschluss“ Österreichs. Auf Druck des Präsidenten der Reichsschrifttumskammer schreibt sie eine Eloge zu Hitlers fünfzigstem Geburtstag, aber notiert zerknirscht, dass sie keinen Weg sieht, sich dieser Aufgabe zu entziehen. Die Nazis vereinnahmen sie als „deutsche Frau“, die „ihren eigen so urdeutschen Weg gegangen ist, so nordisch und reinrassig.“[6] Sie bekommt von Goebbels die Goethe-Medaille überreicht und erhält von Parteigrößen zu ihrem Geburtstag Grußtelegramme.

Sie, die einst „Heidenkind“ geschimpft wurde, wünscht sich eine christliche Beerdigung, um wenigstes am Ende ihrer Tage ein Zeichen „gegen Goebbels und seine Leute“[7] zu setzen. Als ihre Münchener Wohnung ausgebombt wird, kehrt Isolde zurück in jene Stadt, aus der sie einst geflohen war. Ein Jahr lebt sie noch in Tübingen im Tropengenesungsheim, bevor sie 1944 stirbt.

Isolde Kurz wird auf dem Tübinger Friedhof neben dem Vater beerdigt und hat letztlich doch ihren Frieden mit der Heimat gemacht. Denn je älter sie wurde, desto deutlicher zeigte sich, dass die Stadt ihrer Jugend viel tiefer mit ihr verwachsen war, als sie es selbst je vermutet hätte.

Die Jugendstilkünstlerin hat das Reformkleid populär gemacht.

EMMY SCHOCH

(1881–1968)

EMANZIPIERTE MODESCHÖPFERIN

„Führerin der deutschen Mode“ [1]

Hauptsache bequem. Andere Generationen haben sich in enge Korsetts geschnürt oder schwere Drahtgestelle an den zarten Leib gehängt. Das Reformkleid dagegen soll leicht und luftig sein und den Frauen das geben, was die Mode ihnen über Jahrhunderte hinweg versagte: Beweglichkeit. Deshalb entstehen Vereinigungen, die die Abschaffung des Korsetts fordern. 1896 wird der „Deutsche Verband für Verbesserung der Frauenkleidung" gegründet, damit Frauen fortan ein gesundes und sportliches Leben führen können. Und Emmy Schoch ist diejenige, die die passenden Kleider für diese neue, große Reformbewegung liefert.

Das Timing hätte nicht besser sein können. 1906 eröffnet Emmy Schoch in Karlsruhe ihre Werkstatt – und verhilft dem Reformkleid in kürzester Zeit zu einem Siegeszug. Kritiker mögen die legere Damenmode spöttelnd als „Sack" oder „Büßergewand" verhöhnen. Emmy Schochs Kleidung aber wird zum Sinnbild einer neuen, emanzipierten Weltsicht und sie selbst zur Botschafterin dieser neuen Lebenshaltung. Sie hält Vorträge und debattiert bei den Tee-Nachmittagen im Frauenstimmrechtsverein über das Reformkleid. Sie gewinnt Preise und wird von der Presse bejubelt für ihre „Kunstwerke" und „Kompositionen"[2]. Eine wahre Senkrechtstarterin.

Hermine Emilie Schoch wird 1881 im badischen Lichtenau geboren. Acht Kinder hat der Vater bereits, als ihm die Frau stirbt und er deren Schwester Hermine heiratet. Die kleine Emmy ist das erste Kind aus dieser Ehe – und die neue Großfamilie zieht noch vor Emmys Einschulung nach Karlsruhe. Carl Friedrich Schoch ist Apotheker und ein moderner Mann, er hat den Lichtenauer Turnverein gegründet und engagiert sich als liberaler Abgeordneter im Landtag. Er ist aber auch ein durchaus tüchtiger Geschäftsmann und handelt mit Farben und Tapeten, stellt Tuche und Stoffe her. Als seine Tochter Musik studieren will, unterstützt er sie selbstverständlich.

Emmy hat das Zeug dazu, eine erfolgreiche Pianistin zu werden. Aber auf halbem Weg ändert sie plötzlich ihre Meinung und verlässt kurzerhand das Karlsruher Konservatorium. Sie will Schneiderin werden. Die Familie ist alles andere als begeistert von der Vorstellung, dass die Tochter aus gutem Hause künftig Kleider näht. Aber Emmy setzt sich durch, zieht nach Berlin und beginnt in einem Schneideratelier ihre Ausbildung.

Aber sie hat ja selbst Ambitionen und keineswegs vor, beim Säumen und Füttern zu versauern. Emmy Schoch ist selbstbewusst und ehrgeizig. Schon nach kurzer Zeit trotzt sie ihrem Lehrbetrieb die Erlaubnis ab, in Berlin unter eigenem Namen Kreationen ausstellen zu dürfen. Auch in Stuttgart nimmt sie 1905 an einer Ausstellung im Landesgewerbemuseum teil und präsentiert ihre Entwürfe. Beflügelt von der Aufmerksamkeit, die man der jungen Modeschöpferin entgegenbringt, eröffnet sie 1906 ihr eigenes Atelier in Karlsruhe, die „Werkstätte für neue Frauentracht und künstlerische Stickerei“.

Emmy Schoch versteht es, sich und ihre Mode erfolgreich zu vermarkten. Sie macht ihre Mitarbeiterinnen kurzerhand zu Mannequins, die bei Modenschauen ihre Kreationen vorführen. Sie ist viel unterwegs, reist nach Essen, Köln und Bonn, Hamburg, Leipzig und Düsseldorf, um ihre Entwürfe bekannt zu machen. Und sie veröffentlicht nun auch regelmäßig Artikel in der Zeitschrift „Neue Frauenkleidung und Frauenkultur“.

Entsprechend boomt ihr Betrieb. Viele Frauen wollen diese fortschrittliche und vor allem bequeme Mode tragen. 1912 zieht die Werkstatt in der Herrenstraße in größere Räume, schließlich hat Emmy Schoch inzwischen an die fünfzig Mitarbeiterinnen und Mitarbeiter, die in der Näh- und Zuschneiderei tätig sind, in der Handstickerei und -weberei, in der Zeichenwerkstatt und der sogenannten „Abteilung für männliche Gehilfen“. Selbstverständlich gibt es in dem Betrieb auch einen Prokuristen und technischen Leiter: Emmys Mann. 1910 heiratet Emmy Schoch den Freiburger Max Friedrich Hermann Leimbach, der seine Tätigkeit in einer Bank aufgibt und in den Betrieb seiner Frau einsteigt. Den Erfolg aber kann vor allem sie als Designerin für sich verbuchen. „Führerin der deutschen Mode“[3] nennt sie ein Kölner Journalist.

Die Kleiderkünstlerin mag angetreten sein, Kunst zu machen, aber Emmy Schoch erweist sich zugleich als bodenständige und patente Unternehmerin. Sie findet einen klugen Kompromiss zwischen Reformkleid und aktueller Mode und entwirft schlichte, elegante, aber auch zweckmäßige Kleider für jede Frau. Sie will ihrer Kundschaft auf Augenhöhe begegnen. Kleidung, ist sie überzeugt, muss auf die Bedürfnisse der Trägerinnen und den Anlass abgestimmt sein – und die Kreationen, die die Pariser Mannequins auf den Laufstegen tragen, taugen ihrer Meinung nach nicht dazu. Die moderne Frau, meint Schoch, sei dem „Taktstock der Mode nicht wie einst bedingungslos untertan“[4].

Emmy Schoch ist eine Überzeugungstäterin und einfallsreich bei der Durchsetzung ihrer Ideen. 1913 steigt sie in den Versandhandel ein und gibt ihren ersten Katalog heraus: „Deutsche Typenkleider“. Als Typen bezeichnet sie jene Kleidformen, die sich im Gebrauch bewährt haben – wie ihr Straßenkleid mit der Modellnummer 20 aus Wolle oder Leinen mit seidenem Schleifengürtel, Steppkanten und Handstickerei. 65 Mark kostet es in den gängigen Größen, kräftigere Frauen müssen 2 bis 4 Mark Aufschlag zahlen für den zusätzlichen Stoffverbrauch. Die „selbstschneidernden Damen“[5] können aber auch die günstigeren, halbfertigen Kleider ordern, wobei die Modelltypen „keine allzu großen Anforderungen an die Kunst des Schneidernden stellen“[6], wie Schoch im Vorwort des Verkaufskatalogs schreibt. Im Anhang liefert sie die nötigen Maßtabellen gleich mit, damit das Besuchskleid oder der Überrock mit Unterbluse auch richtig sitzt.

Der Erste Weltkrieg verhagelt Emmy Schoch das Geschäft. Ihr Mann muss als Soldat in den Krieg ziehen, sie hat Probleme, an Stoffe zu kommen, und die meisten Frauen haben nun ohnehin nicht mehr das Geld für neue Garderobe.

Schoch fährt das Angebot auf wenige Modelle herunter und beschäftigt nur ihre wichtigsten Mitarbeiterinnen weiter. Als sie mit ihnen nach dem Krieg neu durchstartet, hat sie sich vom Reformkleid endgültig verabschiedet und orientiert sich in ihrer neuen „Modewerkstätte“[7] nun am Zeitgeschmack. Die neue Mode hat sich den Idealen der Reformer angepasst, sie ist bequemer und praktischer geworden.

Emmy Schoch bleibt eine wichtige Stimme in der deutschen Modebranche, sie sitzt in allerhand Gremien und erhält auch eine Auszeichnung, weil sie ihre Lehrlinge vorbildlich ausbildet. Aber ihr Drang, immer und überall mitzumischen, führt sie auch auf falsche Pfade.

1930 tritt Emmys Mann in die NSDAP ein, muss nach ein paar Jahren die Mitgliedschaft allerdings wieder kündigen, weil sich herausstellt, dass sein Großvater Jude war. Emmy, die zeitweise auch in der NS-Frauenschaft aktiv ist, gefallen die Ideen zur Volksgesundheit. 1933 bewirbt sie sich deshalb am Modeamt in Berlin, das unter der Schirmherrschaft von Magda Goebbels gegründet wurde. Sie beteiligt sich an der ersten Vorstellung der deutschen Modelle. Emmy Schoch schreibt sogar an den Innenminister und bittet um „Arbeitsmöglichkeit auf dem Gebiet des dt. Kleiderwesens für Volk und Gesamtheit“[8]. Sie ist überzeugt, dass die Mode eng mit dem Rassenproblem verbunden ist, und denkt darüber nach, wie man mit Mode die Gebärfreudigkeit der Frauen fördern kann. Gern würde sie ihre Ideen dem Innenminister vorstellen, er reagiert aber nicht auf ihr Schreiben. Im Nachhinein ihr Glück.

Nach der Entnazifizierung ihres Mannes wagen die beiden noch einmal einen Neubeginn, aber die Zeit der maßgeschneiderten Kleidung ist vorbei. Sie verlegen sich nun auf den „Einzelhandel mit Textilien, modischem Beiwerk und Modewerkstätte“[9].

1953, Emmy ist inzwischen über siebzig, meldet sie ihren erfolgreichen Betrieb offiziell ab. Nachfolger hat sie keinen.

Emmy gibt noch kleine Werkstücke und von ihr selbst entworfene Stoffe an das Badische Landesmuseum ab – die fortschriftlichen Ideen der Lebensreformer und der gesellschaftliche Aufbruch durch Reformkleider sind endgültig Geschichte und museal. Fast neunzig Jahre ist Emmy Schoch alt geworden, nach ihrem Tod wird die erfolgreiche Modeschöpferin des Jugendstils aber selbst in Karlsruhe schon bald weitgehend vergessen.

Gerta Taro zieht 1936 mit Robert Capa in den Spanischen Bürgerkrieg.

GERTA TARO

(1910–1937)

KRIEGSFOTOGRAFIN IN STÖCKELSCHUHEN

„Meine Tochter Gerta leidet unter Schwindel."[1]

Manchmal macht sie sich für die Front sogar schick: Feinstrümpfe, Pumps, Schminke. Warum nicht, meint Gerta Taro, das gefalle den Soldaten. Sie freuen sich, endlich mal wieder eine Frau zu sehen. Warum sich also nicht ein wenig zurechtmachen, wenn das den Geist der Truppe stärkt?

Aber es braucht weder High Heels noch Tünche, denn dort, wo Gerta Taro auftaucht, in den Schützengräben und Sanitätsstationen, den verwüsteten Dörfern und schmutzigen Unterständen, freuen sich die Kämpfer und Brigadisten über den „Pequena Rubita", den „kleinen Blondschopf"[2] auch so. Denn Gerta Taro ist nicht nur eine verdammt hübsche junge Frau, sondern auch eine aufgekratzte, lebenslustige Person. Sie hat Humor, auch Galgenhumor. Selbst wenn über ihr Bomben fallen, hält sie sich die Todesangst mit Witzeleien vom Leib.

Gerta Taro ist in die Geschichte als „anmutige Reporterin"[3] eingegangen, die mit Baskenmütze über dem rotblonden Haar, manchmal sogar mit einem zierlichen Revolver am Gürtel, in den Spanischen Bürgerkrieg zieht. Sie will mit ihrer Kamera nicht allein dokumentieren, sondern kämpft auf ihre Weise mit. Sie ist eine der vielen Freiwilligen, die aus aller Welt nach Spanien ziehen, um gegen den Faschismus anzugehen.

Gerta Taro ist von Anfang an dabei. Als sie 1936 vom Militärputsch von General Franco gegen die republikanische Regierung hört, packt sie sofort ihr Bündel. Die Reflex-Korelle wird zu ihrer Waffe: Mit ihr fotografiert sie in den vordersten Linien und an fast allen Fronten, sie dokumentiert die Bombenangriffe, den Alltag in den Kampfpausen und Schießübungen der weiblichen Kämpferinnen am Strand von Barcelona. Sie will nicht still beobachten, sondern Partei ergreifen und aufrütteln, indem sie zerstörte Städte, Tote und Flüchtlinge fotografiert. Immer ganz nah dran an den Menschen und ihrem Kampf um die Freiheit.

Viele Reporter sind während des Spanischen Bürgerkriegs vor Ort, aber kaum einer hat so mutig und konsequent Bilder für die Nachwelt geschaffen wie Gerta Taro. Sie ist alles andere als ängstlich und setzt immer wieder ihr Leben aufs Spiel. Sie will wie die Soldaten auch die Schlacht erleben und geht mit ihnen bei den Angriffswellen ganz nach vorne. Zuletzt soll sie ein fast sportliches Verhältnis zur Todesgefahr entwickelt haben.

So ist es letztlich unausweichlich, dass Gerta Taro in diesem Krieg ihr Leben lässt. Aber sie stirbt nicht im Bombenhagel, sie wird auch nicht von tödlichen Kugeln getroffen.

Gerta Taro überlebt sogar den besonders martialischen Fliegereinsatz der Legion Condor am 25. Juli 1937, bei dem sie, wie sie meint, die besten Bilder ihres Lebens macht. Alle Filme verschießt sie an diesem Tag. Und dann stirbt sie bei der Heimfahrt durch einen Unfall: Ein Panzer kommt ins Schlingern, Gerta Taro, die auf dem Trittbrett eines Tourenwagens mitfährt, wird heruntergerissen und überrollt.

Gerta Taro, die eigentlich Gerta Pohorylle heißt, ist nicht einmal siebenundzwanzig Jahre alt geworden. Und auch wenn ihre Fotografien zuletzt in „Ce Soir", „Regards", der „Prager Volks-Illustrierten" und in anderen Zeitschriften erscheinen, kann sie nicht mehr genießen, woran sie schon als kleines Mädchen ernsthaft gearbeitet hat: nach oben zu kommen, etwas darzustellen, jemand in dieser Welt zu sein. Denn Gerta Taro stammt aus einfachen Verhältnissen, die Eltern sind jüdisch-galizische Einwanderer, die es nach Stuttgart verschlagen hat. Der Vater, eher ein Schöngeist als ein Geschäftsmann, verdient sein Geld leidlich als Eierhändler. Die Familie, Gerta hat noch drei kleinere Geschwister, wohnt in einem Hinterhaus in der Alexanderstraße – und Gerta tut alles, damit ihre Klassenkameradinnen, die Freunde aus dem Tennis-Club, die Verehrer aus den Tanz-Clubs nicht erfahren, dass sie jüdisch, dass sie von Haus aus arm ist, dass sie womöglich nicht in die Welt gehört, in der sie sich so selbstverständlich bewegt.

Mit Erfolg. Denn eine kinderlose Tante finanziert ihr einen luxuriösen Lebensstil und tut alles, damit Gerta wie eine Tochter aus gutem Hause erzogen wird. Sie kauft ihr teure Kleider, ermöglicht ihr, auf der Waldau mit Stuttgarts Hautevolee Tennis zu spielen, sie finanziert ihr aufwendige Reisen und sogar eine teure Pensionatsausbildung in der Schweiz, am Genfer See. Selbst ihre beste Freundin Meta, die aus einer wohlhabenden Familie kommt – mit Kindermädchen, Klavierlehrerin, Hausschneiderin – erfährt nicht, woher Gerta eigentlich stammt.

„Poho", wie die anderen sie nennen, besucht die Königin-Charlotte-Realschule, die erste von der Stadt eingerichtete Höhere Mädchenschule in Stuttgart. Sie ist eine sehr gute Schülerin, lernt schnell und ist sprachbegabt. Dass sie dabei auch noch hübsch ist, neiden ihr die anderen Mädchen sehr. Mit siebzehn Jahren wechselt Gerta auf die Höhere Handelsschule – und weil sie vermutlich darunter gelitten hat, dass sie nicht sehr großgewachsen ist, kommt sie stets in Stöckelschuhen zum Unterricht. Sie will das Leben in vollen Zügen genießen, und da sie die ersten Schulstunden deshalb häufig verschläft, fälscht sie auch mal die Unterschrift der Mutter und schreibt auf die Entschuldigung: „Meine Tochter Gerta leidet unter Schwindel."[4]

Gerta Pohorylle entwickelt sich zu einer emanzipierten jungen Frau. Sie vertritt den neu entstandenen Frauentypus, der die Freiheiten der Republik nutzt und eintaucht ins Großstadtleben der 1920er-Jahre. Sie ist selbstbewusst und ein wenig mondän, geht ins Kino, ins Theater und zum Tanztee, hört Jazzmusik, besucht Ausstellungen und interessiert sich für Fotografie.

Aber diese schöne und kluge junge Frau ist auch patent, einfallsreich und rührig. Als ihr erster Freund, ein rechter Lebemann, wegen der Wirtschaftskrise in geschäftliche Schwierigkeiten kommt und versucht, von amerikanischer Baumwolle auf Kaffee umzusatteln, unterstützt sie ihn mit enormem Einfallsreichtum. Denn das scheint ihr besonders zu liegen: Konzepte zu entwickeln und Labels zu kreieren.

Dass man sich heute noch an die Fotografien von Gerta Taro und Robert Capa erinnert, hat mit genau dieser Gabe zu tun, strategisch vorzugehen, sich als eine Marke zu inszenieren. Als die wirtschaftliche Lage in Deutschland immer schlechter wird und der Antisemitismus zunimmt – die Familie ist inzwischen nach Leipzig gezogen –, politisiert sich Gerta, knüpft Kontakte zu Sozialisten und Kommunisten und verteilt Flugblätter. Für zwei Wochen wird sie sogar in Schutzhaft genommen, ihre Brüder müssen untertauchen. Deshalb beschließt sie, nach Paris zu gehen. „Wenn nur die Zeiten nicht so mies wären (...) Aber was machste: Da lachste!"[5]

In Paris lernt Gerta 1934 einen ungarischen Fotografen kennen, Emigrant und bettelarm wie sie selbst. Und so, wie Gerta schon als junges Mädchen an sich geglaubt und an ihrem Image gearbeitet hat, so glaubt sie auch an das Talent dieses jungen Mannes – und baut ihn förmlich auf zu einer Fotolegende. Aus Endre Ernö Friedmann wird Robert Capa. Sie selbst nennt sich fortan Gerta Taro, ein Name, der ein wenig wie Greta Garbo klingt und nichts über Herkunft oder Religion verrät. Sie hat inzwischen eine Stelle bei der Fotoagentur „Alliance Photo", lanciert geschickt Kontakte, verpasst dem Freund ein neues Erscheinungsbild und verbreitet die Legende, dass dieser Robert Capa ein erfolgreicher amerikanischer Fotograf sei. Mehr noch: Sie gibt den Redakteuren sogar das Gefühl, dass sie den großen Meister aus Übersee selbst entdeckt hätten.

So werden aus den Flüchtlingen Starfotograf und Agentin. Ein schönes, bewundertes Paar. Arm, aber aufregend. Gerta bestimmt vieles in dieser Beziehung, aber Endre/André alias Robert ist auch ihr Lehrmeister: Er bringt ihr das Fotografieren bei.

Taro hat die Marke „Robert Capa" platziert – und zunächst werden auch ihre eigenen Fotos unter seinem Namen veröffentlicht. Hauptsache, sie können überhaupt etwas verkaufen. Als sie gemeinsam in den Spanischen Bürgerkrieg ziehen, hat Gerta Taro aber bereits ihren eigenen Presseausweis und ist nun gleichermaßen auf Bilderjagd. Gerade sind sie erst erwachsen geworden, jetzt wagen sie sich an verwüstete Kampfplätze vor und stacheln sich gegenseitig an, der Gefahr die Stirn zu bieten.

Spanien macht Gerta Taro eigenständiger. Sie schafft ein neues Label, „Reportage Capa & Taro", damit nun auch ihr

Name in den Magazinen auftaucht. Capa ist noch der bekanntere, seine Aufnahme eines fallenden Milizionärs erregt viel Aufsehen, auch wenn kritische Stimmen später meinen, dass das Foto gestellt sein könnte.

Gerta wird offizielle Fotografin des Propagandasekretariats der Verteidigungsjunta, ihre Aufnahmen werden nun eigenständig wahrgenommen, sie ist erfolgreich, hat zahlreiche Veröffentlichungen und großzügige Platzierungen in Zeitschriften und Zeitungen. Sie zeichnet ihre Fotos jetzt mit „Photo Taro". Capa eröffnet in Paris ein eigenes Studio, die Beziehung kriselt, weil Gerta wechselnde Liebhaber hat. Immer häufiger zieht sie ohne ihn mit anderen Kollegen durch die Kriegsgebiete. Sie beginnt auch zu filmen. Mit ihrem Drillich-Overall und den spanischen Strohschuhen sieht sie nun fast wie ein Straßenjunge aus Madrid aus. Aber immer gut gelaunt und fröhlich.

Wahrscheinlich hat Gerta Taro auch an jenem 25. Juli noch mit dem Journalisten Ted Allan Lieder gesungen, als sie im Auto auf dem Weg an die Front sind. Ein General will die beiden zurückschicken, aber Taro überredet Ted, den Befehl zu ignorieren und mit ihr in einen Unterstand zu schlüpfen. In einem Loch erleben sie den Angriff, Taro fotografiert wie eine Besessene. Dann der Unfall. Auf der Fahrt im Krankenwagen hält sie sich noch selbst den Leib zu, damit die Eingeweide nicht herausquellen. Sie lebe, werde aber nicht mehr richtig gehen können, heißt es im Spital. Noch in der Nacht stirbt Gerta Taro.

Der Bildhauer Alberto Giacometti hat das Grab von Gerta Taro auf dem Pariser Friedhof Père-Lachaise gestaltet, Louis Aragon hält die Grabrede. Tausende folgen dem Sarg durch die Stadt, die Menschen stehen Spalier. Taros Tod wird von den Kommunisten für ihre Zwecke instrumentalisiert und von den Medien ausgeschlachtet. Die erste gefallene Soldatin, wie man sie nennt, wird zur Heldin stilisiert – und so endet das Leben jener Frau, die so erfolgreich Rollen für sich fand, ganz in ihrem Sinne, nämlich mit einer fulminanten Inszenierung.

Robert Capa soll nach dem Verlust seiner großen Liebe, der Frau, die ihn zu einem der ganz großen Fotografen machte, nie mehr eine richtige Beziehung gehabt haben. Er reiste weiterhin an die Kriegsschauplätze dieser Welt, aber auch er verlor sein Leben im Einsatz: 1954 trat er in Indochina auf eine Landmine und starb mit nur einundvierzig Jahren.

Hitler missbraucht die jüdische Sportlerin als Lockvogel.

GRETEL BERGMANN

(*1914)

HOCHTALENTIERTE HOCHSPRINGERIN

„Ich habe nicht vergeben, dass man mich um diesen Traum betrog.“[1]

Als bei den Klausuren für das Abitur der Deutschaufsatz ansteht, schlägt Gretel Bergmann zurück. Die Lehrer sollen endlich begreifen, mit welch sinnlosem Wissen sie sie in all den Jahren gefüttert haben. Also schreibt Gretel eine Satire darüber, wie sie einen BH kaufen will und versucht, der

Verkäuferin ihre Körbchengröße mit Hilfe geometrischer Begriffe zu erläutern. Sie erfindet einen Besuch bei der Bank, wo sie auf dem Auszahlungsformular die Zahlen als Quadratwurzeln notiert, und der Kassierer kapituliert. Der Aufsatz landet beim Herrn Direktor, die Lehrerschaft ist empört – und Gretel Bergmann, ohnehin keine allzu ambitionierte Schülerin, rasselt mit Pauken und Trompeten durchs Abitur.

Die junge Frau nimmt es nicht nur gelassen, sondern fast schadenfreudig und mit einem Gefühl der Befriedigung hin. Sie hat es den Eltern heimgezahlt, dass sie nach der Mittleren Reife noch drei weitere Jahre die Schulbank drücken musste. Jetzt hat sie Vater und Mutter klar und deutlich vor Augen geführt: Sie ist erwachsen, ist eine Persönlichkeit, die nicht nach der Pfeife der anderen tanzt.

Denn Gretel Bergmann, die 1914 in Laupheim geboren wird, will immer nur eines: Sport machen, rennen und springen, Ski fahren und Eis laufen, Bällen nachjagen und sich bis zur Erschöpfung verausgaben. Früh muss die Mutter einsehen, dass sie da kein kleines Mädchen auf die Welt gebracht hat, das man in adrette Rüschenkleider stecken kann, sondern einen rechten Wildfang, der auf Bäume klettert, Steine in die Fenster wirft und den Nachbarsjungen kräftig verprügelt, weil er sich schlecht über ihre jüdische Abstammung geäußert hat. Immer ist sie auf Achse, jagt auf dem Rad hinaus in die Natur und hält die Familie auf Trapp. Ihre Devise: Warum gehen, wenn man rennen kann? Weshalb die Tür benutzen, wenn es sich durchs Fenster klettern lässt?

Leicht wird es für die Eltern Bergmann nicht gewesen sein mit diesem Kind, das so rebellisch und stur ist, immer für Streiche zu haben und ein schnelles und vorlautes Mundwerk besitzt. Es dauert viele Jahre und braucht zahllose erbitterte Kämpfe, bis die Eltern begreifen, dass ihr Kind nicht nur anders, sondern besonders ist, nicht nur wild, sondern auch kräftig. Mit den viel zu langen Armen und Beinen kann Gretel eines besser als alle anderen: hoch springen. Sie wird eine der besten Hochspringerinnen der Welt werden. Und hätte man sie bei den Olympischen Spielen zugelassen, sie wäre Weltmeisterin geworden. Kein Zweifel.

Doch Gretel Bergmann bekommt nie die Gelegenheit, der Weltöffentlichkeit ihr sportliches Talent zu beweisen. Sie erlangt traurige Berühmtheit, weil Hitler dieses jüdische Mädchen aus Laupheim zu Propagandazwecken missbraucht und ihr Talent für seine politischen Machenschaften nutzt. Sie wird „zur Schachfigur in Hitlers politischem Täuschungsmanöver“[2], wie sie später in ihren Erinnerungen schreibt.

Das „Haarnetz mit der Spinne“ hat die Familie Bergmann reich gemacht. In Laupheim ist der Vater einer der wichtigen Arbeitgeber, in seiner Haarfabrik werden Haarnetze, Toupets, Bärte und Theaterperücken hergestellt, ein Onkel forscht an einem Mittel gegen Haarausfall, wenn auch erfolglos. Man hat es zu etwas gebracht, im Badezimmer gibt es eine große Wanne und ein Doppelwaschbecken aus Marmor. Die Arbeit besorgt das Personal. Die Mutter, die aus dem großen Frankfurt ins provinzielle Laupheim gezogen ist, fühlt sich zu gut für dieses Leben. Sie ist von düsterem Gemüt und kränkelnd, häufig liegt sie mit einem feuchten Tuch auf der Stirn im abgedunkelten Wohnzimmer, und die Kinder müssen auf Zehenspitzen durch die Wohnung schleichen.

Vielleicht gerät Gretel deshalb so kämpferisch und robust, aus schierem Protest gegen die Mutter. Sie ist zäh. Wenn sie leichtes Fieber hat, kuriert sie es auf ihre Weise – mit einem Bad im kalten Fluss. Und als sie einmal im See in eine Bierflasche tritt und sich einen Zeh fast abschneidet, nimmt sie zwei Wochen später dennoch am Wettkampf teil.

Die Laupheimer Juden sind ins Leben integriert, und manche von ihnen auch im Stadtrat aktiv. Für die Familie Bergmann spielt der Glaube keine große Rolle, Speisegesetze werden nicht eingehalten. Mit sechs Jahren tritt Gretel in den örtlichen Sportverein ein und liebt das gesellige Leben.

Schon bald nimmt sie an überregionalen Leichtathletikwettkämpfen teil – und 1931, sie ist jetzt siebzehn Jahre alt, springt sie bei den Süddeutschen Meisterschaften den deutschen Rekord mit einer Höhe von 1,51 Meter.

Mit zehn Jahren weiß Gretel bereits, dass sie später Sportlehrerin oder Trainerin werden will. Die Schule interessiert sie nicht, das Lernen hält sie für nutzlos. Deshalb will sie nach der zehnten Klasse aufhören. Die Eltern sind dagegen und melden sie auf einem Mädchengymnasium in Ulm an. Sie glauben, das Richtige für das Mädchen zu tun, Gretel dagegen ist wütend und sieht ihren Lebenstraum in Gefahr: den Sport.

Jeden Morgen muss Gretel um 5.45 Uhr in den Zug nach Ulm steigen. Sie arrangiert sich auf ihre Weise mit der Schule. Im Kunstunterricht trägt sie den Arm in der Schlinge, beim Völkerball nach dem Mittagessen ist alles wieder in Ordnung. Unbeaufsichtigt von der strengen Mutter führt sie ein herrlich freies Leben mit wechselnden Freunden und viel Lebenslust.

Doch die politische Situation ändert sich. Als Gretel Bergmann – ohne Abiturzeugnis – endlich die Schule verlässt und ihren Traum erfüllen will, in Berlin an der Hochschule für Leibesübungen zu studieren, übernehmen die Nationalsozialisten die Macht. Kurz vor ihrem neunzehnten Geburtstag wird Gretel vom Ulmer Sportverein ausgeschlossen. Die Berliner Hochschule teilt ihr mit, dass sie mit dem Studium warten solle, bis sich die Zeiten wieder geändert haben. Ausgerechnet jetzt, da die Eltern endlich akzeptieren, dass ihre Tochter anders ist, als sie sich es vorgestellt haben, und da sie sogar stolz auf ihre Leistungen sind, stellt sich ihr ein neuer, viel größerer Gegner in den Weg.

Wäre Gretel Bergmann zwanzig, dreißig Jahre später auf die Welt gekommen, wer weiß, ob sie es dann an die Spitze geschafft hätte. Dabei ist sie nicht verbissen. Für sie ist Sport etwas, das Freude macht – und keine Schinderei. Die Wut auf die Nazis stachelt sie aber doch an. Sie geht nach England und will einen Neubeginn wagen. Sie wird am Londoner Polytechnikum aufgenommen und kann wieder trainieren. Ihr Ziel ist es, bei den Olympischen Spielen 1936 in Berlin zu starten – für England.

Doch daraus wird nichts. Die Nationalsozialisten pfeifen sie zurück, weil die Amerikaner die Spiele boykottieren wollen. Hitler benötigt einen Beweis, dass es den Juden in Deutschland nicht schlecht ergeht. Und diesen Beweis soll Gretel Bergmann erbringen. Sie soll als herausragende jüdische Sportlerin für Deutschland antreten und damit der Welt zeigen, dass es bei den Olympischen Spielen keine Diskriminierung gibt. Deshalb taucht ihr Vater plötzlich in England auf mit dem Auftrag, Gretel zurückzuholen, damit sie bei den Spielen für Nazi-Deutschland antritt. Widerspruch ist nicht nur zwecklos, sondern wäre für die gesamte Familie gefährlich. Sie weiß, sie sitzt in der Falle.

Ironie der Geschichte: Adolf Hitler braucht ausgerechnet sie, das jüdische Mädchen, um sicherzustellen, dass die Olympischen Spiele von 1936 in Berlin wie geplant stattfinden können. Als Gretel Bergmann anlässlich der Spiele nach Deutschland reist, wohnt sie bei einer verarmten jüdischen Familie und besucht als einzige Jüdin die Stuttgarter Sportschule Kiedaisch. Ihre Wut vermischt sich mit Sorge: Verliert sie, wird die jüdische Welt der Lächerlichkeit preisgegeben. Gewinnt sie, wird Hitler vor der ganzen Welt zum Lügner gestempelt – und man wird sie bestrafen. Und vor allem: Soll sie zum Hitlergruß den Arm heben?

So ist Gretel Bergmann fast erleichtert, als kurz vor Beginn der Olympischen Spiele ein Formbrief ins Haus flattert. Der Deutsche Reichsbund für Leibesübungen teilt ihr mit, sie könne nicht ins Damenteam aufgenommen werden – wegen ungenügender Leistungen! Zur Entschädigung stehe ihr eine Karte für die Leichtathletikwettkämpfe zu – für einen Stehplatz. Der Brief wird wohlweißlich erst abgeschickt, nachdem das amerikanische Olympia-Team bereits das Schiff in Richtung Europa betreten hat. Der Boykott der Spiele ist abgewendet – und die lästige „Alibijüdin“ hat man elegant aus dem Verkehr gezogen.

Im Nachhinein betrachtet hatte die Familie Bergmann Glück: Rudolph, Gretels Bruder, wandert als Erster nach Amerika aus. Am 10. Mai 1937 fährt Gretel auf der SS Washington ebenfalls nach Amerika, auch ihr späterer Ehemann Bruno kann nachkommen. Die Eltern fliehen nach England, sie müssen alles zurücklassen, die Fabrik, das Haus, ihre Habe. Aber immerhin, sie haben überlebt.

Die Hochspringerin beginnt als Margaret Bergmann-Lambert ein neues Leben in Amerika. Sie und ihr Mann, ein Arzt, bringen es weit, ihren Frieden aber hat die Sportlerin nicht gefunden. Noch nach Jahren schmerzt es sie, dass sie nie beweisen konnte, eine der besten Hochspringerinnen der Welt zu sein. Nur, weil sie Jüdin ist.

Als Bergmann-Lambert 1999 einen Anruf aus Deutschland erhält, dass man ihr einen Preis für „unvergessene Meister“ verleihen wolle, sagt sie ab, sie gehe dienstags immer kegeln. Sie reist schließlich doch in die alte Heimat, Franz Beckenbauer überreicht ihr die Trophäe, sie besucht sogar das einstige Wohnhaus der Familie und die Fabrik in Laupheim. Ihre Geschichte wird fürs Kino verfilmt, Sportstätten werden nach ihr benannt, und im Berliner Olympiapark gibt es nun den Gretel-Bergmann-Weg. Sie freut sich über diese vielen Gesten und Versuche der Wiedergutmachung. Und doch: „Als eine der vier Weltbesten habe ich weder vergessen noch vergeben, dass man mich um diesen Traum betrog.“[3]

Hans und Sophie Scholl sowie Christoph Probst werden 1943 hingerichtet.

SOPHIE SCHOLL

(1921–1943)

STUDENTIN IM WIDERSTAND

„Wenn hier auf der Straße Hitler mir entgegen käme und ich eine Pistole hätte, würde ich ihn erschießen."[1]

Zu Hause gibt es immer häufiger Streit. Der Vater ist empört. Wie kann es sein, dass ausgerechnet seine Kinder so blind und unkritisch sind? Begeistert laufen sie zur Hitlerjugend. Ihnen gefällt, dass von Vaterland und Kameradschaft gesprochen wird. Immer waren die Eltern Scholl bemüht, den Kindern ihren eigenen Kopf zu lassen. Und jetzt entscheiden sie sich ausgerechnet für die Hitlerjugend.

Sophie Scholl, die 1921 in Forchtenberg als viertes Kind geboren wird, macht es ihren großen Geschwistern nach, die sich für die Ideen Hitlers begeistern. Sie tritt dem Bund Deutscher Mädel bei und ist ganz vernarrt in die Gruppenführerin. Sie lässt sich die Haare kurz schneiden und marschiert in HJ-Uniform durch die Straßen.

Die Familie Scholl ist eine fröhliche, offene Familie, in der Werte hochgehalten werden. Die Mutter ist eine ehemalige Diakonissenschwester, erzählt den Kindern biblische Geschichten und bringt ihnen Kirchenlieder bei. Der Vater ist überzeugter Pazifist und versucht als Bürgermeister, das kleine Städtchen Forchtenberg moderner zu gestalten. Als er 1930 abgewählt wird, macht er sich in Ulm als Steuer- und Wirtschaftberater selbstständig.

Sophie ist ein ruhiges, nachdenkliches Mädchen. Sie hat einen ausgeprägten Gerechtigkeitssinn und protestiert, wenn sie etwas für falsch hält. Sie zeichnet und schreibt gern, führt Tagebuch und ist mehrfach Klassenbeste. Auch bei den Jungmädeln steigt das „Sofielein“[2], wie die Eltern sie liebevoll nennen, auf und wird bald Scharführerin. Wenn sie mit ihren Mädchen einen Ausflug macht, werden Geld und Essen eingesammelt, und die Kinder dürfen sich mit verbundenen Augen etwas aus dem Proviantberg herausfischen, damit nicht die Ärmeren trockenes Brot essen müssen, während die Reichen Köstlichkeiten verzehren. Das ist, was Sophie unter dem vielgebrauchten Schlagwort „Volksgemeinschaft“ versteht.

Bei aller Begeisterung für diese Aktivitäten sind Sophie die Aufmärsche ein Dorn im Auge. Auch die Behandlung der Juden stößt ihr zunehmend auf. Warum ihre jüdische Freundin Luise, die blonde Haare und blaue Augen hat, nicht Mitglied sein dürfe, empört sich Sophie, sie mit ihren dunklen Haaren und dunklen Augen aber sehr wohl.

1936 nimmt ihr großer Bruder Hans als Fahnenträger am Parteitag der NSDAP in Nürnberg teil. Er kommt verstört zurück, die Reden und die künstliche Begeisterung haben ihn abgeschreckt. Plötzlich macht sich bei den Scholl-Kindern Kritik am Nationalsozialismus breit und schmeckt ihre Euphorie schal. Sie kommen in Kontakt mit der „Deutschen

Jungenschaft vom 1. November 1929", einer Jugendorganisation, in der die Bücher verbotener Dichter gelesen werden und man Kunstkarten verfemter Künstler sammelt.

1937 steht die Gestapo vor der Tür und holt die Scholl-Kinder ab. Auch Sophie nehmen die Männer mit, weil sie sie irrtümlich für einen Jungen halten. Hans bleibt fast fünf Wochen im Gefängnis, während Sophie nach ihrem Verhör immer wieder zur Schulleitung zitiert wird, weil man aus ihr herauspressen will, welche Kontakte sie und ihre Geschwister haben.

Sophie ist anders als die Mädchen in ihrer Klasse. Sie trägt einen Herrenschnitt und genagelte Schuhe. Sie liest und schreibt viel. Sie besucht einen Aktmalkurs, auch wenn sie lieber Frauen zeichnen würde als immer nur Männer. Sie freundet sich mit Fritz Hartnagel an. Er ist vier Jahre älter als sie und hat die Kriegsschule in Potsdam absolviert. Das führt zu Konflikten und erhitzten Diskussionen über Gehorsam und Pflicht. Beide sind sich einig: Sie wollen in ihrer jungen Beziehung keine Besitzansprüche stellen, aber so richtig wissen sie nicht, wie sie miteinander umgehen sollen. Sie könne sich nicht für ihn aufgeben, erklärt Sophie dem Freund kategorisch.

Dann beginnt der Krieg. Die jungen Männer werden eingezogen – und müssen Sophie versprechen, dass sie nicht schießen werden. Sie kann nicht begreifen, dass Menschen das Leben anderer gefährden, und hadert damit, dass auch ihr Fritz in den Krieg muss. Die Situation belastet sie, in der Schule wirkt sie nun oft unbeteiligt, aber besteht 1940 doch das Abitur.

In friedlichen Zeiten würde sie jetzt sofort mit dem Studium beginnen, Sophie aber soll Reichsarbeitsdienst leisten. Um ihn zu umgehen, meldet sie sich als Kindergärtnerin in einem Heim in Bad Dürrheim an, in dem wohlhabende Kinder und Jugendliche betreut werden. Ihre Zimmergenossin habe ein Gehirn „wie eine Henne", schreibt Sophie ihrer Schwester.

Als sie ihr Examen als Kindergärtnerin in der Tasche hat, erfährt sie allerdings, dass ihre Rechnung nicht aufgegangen ist: Sie muss ihren Reichsarbeitsdienst nun doch antreten – in einem Kinderhort in der Nähe der Schweizer Grenze. Sophie hat Heimweh, sie hasst den Drill und das dümmliche Gerede der Mädchen. Unter der Bettdecke liest sie Thomas Mann und Augustinus, damit sie nicht „versandet", wie sie es nennt.

1942 ist es endlich so weit. Mit einer Blume im Haar und einem Kuchen von der Mutter im Gepäck steigt Sophie Scholl in den Zug in Richtung München, wo sie sich an der Universität für Philosophie und Biologie eingeschrieben hat. Ihr Bruder Hans studiert dort bereits Medizin – und schon bald lernt Sophie seine Freunde kennen, die wie sie christlich gesinnt sind. Sie gehen gemeinsam ins Theater, ins Konzert, essen in Restaurants, in denen man für Lebensmittelmarken noch Essen und Wein bekommt.

Als die jungen Leute von Massendeportationen und Erschießungen erfahren, reift in Sophie und ihren Freunden der Wunsch, etwas dagegen zu tun, aufzubegehren, wobei für alle klar ist, der Protest muss friedlich sein. In einem Hinterhof im Atelier eines Architekten entsteht 1942 das erste Flugblatt der Weißen Rose, in dem es heißt: „Nichts ist eines Kulturvolkes unwürdiger, als sich ohne Widerstand von einer verantwortungslosen und dunklen Trieben ergebenen Herrscherclique regieren zu lassen"[3]. Die Blätter sollen in mehreren Städten in Umlauf gebracht werden, also pendelt Sophie mit dem Zug zwischen Augsburg, Stuttgart und Ulm. Die Tasche legt sie während der Fahrt in einem anderen Abteil ab – zur Sicherheit.

Nach dem Sommersemester fährt Sophie heim nach Ulm, wo ihr Vater vor Gericht kommt. Er hat Hitler „eine große Gottesgeißel"[4] genannt und wird nun wegen Heimtücke zu vier Monaten Gefängnis verurteilt. An manchen Sommerabenden spielt Sophie in der Nähe des Gefängnisses auf der Flöte „Die Gedanken sind frei".

Während die Studenten zur Studentenkompanie abkommandiert und nach Russland geschickt werden, muss Sophie nun zwei Monate lang in einer Rüstungsfabrik Nachschub für die Front herstellen. Die geistlose Arbeit belastet sie. Sie ist sich sicher: Stünde Hitler vor ihr und hätte sie eine Pistole zur Hand, sie würde ihn erschießen. Wenn es die Männer nicht machen, müsse sie als Frau es eben tun.

Als 1943 ein Gauleiter die Studentinnen auffordert, dem Führer ein Kind zu schenken, kommt es zu Protesten und Verhaftungen. Sophie ist empört und fühlt sich bestärkt in ihrem Protest. Am 18. Februar 1943 geht sie mit Hans zur Universität. Die Vorlesungen haben bereits begonnen. Die Geschwister verteilen auf Treppen, Fensterbänken und Mauervorsprüngen ihre Flugblätter. Den Rest werfen sie in den Lichthof. Der Hausmeister erwischt sie. Plötzlich sind alle Ausgänge versperrt, Hans und Sophie werden gefesselt, abgeführt und zur Gestapo-Zentrale gebracht.

Die Geschwister leugnen zunächst, aber als man in ihren Zimmern Hunderte Briefmarken findet, gibt es keine Zweifel mehr, und ein Verfahren vor dem Volksgerichtshof wird angesetzt. Der Präsident Roland Freisler, der eigens von Berlin nach München geflogen ist, brüllt, tobt, schreit, während Sophie und Hans ruhig, gefasst, tapfer bleiben. Der Pflichtverteidiger bemüht sich erst gar nicht, ihnen zu helfen. Einmal ruft der Vater dazwischen, es gebe noch eine andere Gerechtigkeit – und wird prompt des Saals verwiesen. Hans, Sophie und Christoph Probst werden zum Tode verurteilt. Die Eltern dürfen ihre Kinder noch einmal besuchen und bringen Süßigkeiten mit. Sogar die Gefängnisaufseher sind beeindruckt, wie tapfer und gefasst die Todeskandidaten wirken, und sammeln Zigaretten, Kekse, Wurst für die drei. Der Gefängnisgeistliche gibt den Geschwistern das Abendmahl. Bevor Hans den Kopf auf den Block legt, ruft er „Es lebe die Freiheit“[5].

Das Grab liegt direkt neben der Hinrichtungsstätte. Die Mutter hat wochenlang Essensmarken gesammelt, sodass die

Eltern und die Schwestern nach der Beisetzung eine ordentliche Mahlzeit im Restaurant bestellen können. Danach werden auch sie verhaftet, weil sie Thomas Mann auf einem Schweizer Sender gehört haben sollen. Der Vater bekommt zwei Jahre Haft.

Fritz hat wie durch ein Wunder in Stalingrad überlebt. Als er von der Verhaftung hört, darf er sogar heimreisen, aber er kommt zu spät. Er heiratet später Sophies Schwester Elisabeth. Einige Flugblätter der Weißen Rose sind in andere Länder gelangt. Die Flugzeuge der Royal Air Force werfen sie zu Hunderttausenden über Deutschland ab.

Die Mannheimerin macht die Klassik im Fernsehen populär.

ANNELIESE ROTHENBERGER

(1924 o. 1926–2010)

SOPRANISTIN MIT MILLIONENPUBLIKUM

„Glück ist ein seltener Zustand."[1]

Die Katastrophe erlebt sie als Grundschülerin. Anneliese Rothenberger spielt mit ihrem kleinen Bruder draußen Fangen. Plötzlich rennt der Junge auf die Straße und wird überfahren. Der Vater zerbricht am Tod des Sohnes, gibt ihr die Schuld und stirbt nur ein Jahr später selbst. Er war herzkrank, trotzdem lasten nun zwei Tode bleischwer auf den Schultern des kleinen Mädchens. Es folgen düstere Jahre für

Mutter und Tochter. Ein Leben, einsam, bescheiden und von Schwermut gezeichnet.

Es ist die Musik, die Anneliese Rothenberger einen Ausweg aus ihrer Familientragödie ermöglicht. Mit ihrem schönen Sopran wird die junge Frau nicht nur in kurzer Zeit die großen Bühnen der Republik erobern, sondern wird eine der berühmtesten deutschen Frauen der Nachkriegszeit überhaupt werden – und einer der ersten Fernsehstars. Anneliese Rothenberger trillert sich förmlich in die Wohnzimmer hinein und macht Klassik sogar bei jenen populär, die mit E-Musik eigentlich nichts am Hut haben. Nur Peter Alexander hat über Jahre bessere Quoten als sie.

Für ihre Mathematiklehrerin wird es eine Genugtuung gewesen sein. Sie wollte eigentlich selbst Sängerin werden – und entdeckt deshalb das Talent des Mädchens. Anneliese, die 1926, vielleicht auch schon 1924 in Mannheim geboren wurde, erhält auf Anregung der Lehrerin hin Klavier- und Gesangsunterricht und singt fortan bei Hochzeiten, im Kirchensprengel oder bei Feiern an der Schule. Sie ist ein kreatives Kind, malt und zeichnet auch gern, aber mit dem Singen ist es etwas anderes. Die Musik beginnt, ihr Leben zu bestimmen, die Düsternis zu vertreiben. Deshalb spürt Anneliese schon früh: Sie will Sängerin werden.

So ist es für Anneliese auch ausgemachte Sache, dass sie sich nach der Mittleren Reife an der Mannheimer Musikhochschule bewirbt. Monatelang bereitet sie sich auf diesen Tag vor. Jeder Ton sitzt, jeden Takt hat sie künstlerisch durchgearbeitet. Und dann: abgelehnt! Sie sei unmusikalisch, sagen die Prüfer und schicken die talentierte junge Frau fort. Anneliese Rothenberger hatte einfach Pech. Der Lehrer, mit dem sie die Partie einstudiert hatte, ließ bei den Proben das Zwischenspiel aus – aus Zeitersparnis. Deshalb verpasst sie beim Vorspiel gleich zweimal ihren Einsatz.

Aber es geht auch ohne die Musikhochschule. Anneliese nimmt eben Privatstunden und bekommt 1944 ihr erstes

Engagement als Elevin am Stadttheater Koblenz. Doch es herrscht Krieg, und auch die Theaterleute werden nun zum Arbeitsdienst eingezogen. Anneliese Rothenberger muss in Thüringen in einer Weißblechdosenfabrik am Fließband arbeiten. Kurz nach Kriegsende wird sie an die berühmte Hamburger Staatsoper engagiert. Es geht steil aufwärts. Der Intendant Günther Rennert fördert sie, hilft ihr, auf der Bühne sicher zu werden und ein breites Repertoire zu singen. Eben hat sie ihre Karriere begonnen, schon macht sie Auslandstourneen nach Südamerika und New York.

1954 heiratet Anneliese Rothenberger den Südtiroler Gerd Wendelin Dieberitz. Er schreibt Gedichte und verdient sich sein Geld als Journalist. Ihr gefällt der junge Mann, der von den Nürnberger Prozessen berichtet. Doch so richtig scheint Dieberitz seine Arbeit nicht zu fesseln. Denn schon bald gibt er seinen Beruf auf und nimmt die Karriere seiner Frau in die Hand. Er steuert nun ihren Weg, überzeugt sie, Hamburg zu verlassen und Engagements in Düsseldorf und an der Wiener Staatsoper anzunehmen. Er gilt als ruppig, bei Proben fliegen mitunter die Fetzen – aber die Ehe wird ein Leben lang halten und soll durchaus glücklich gewesen sein. In jedem Fall sind die beiden ein perfekt eingespieltes Team.

Die junge Frau, deren warm-leuchtende Stimme betört, macht eine schwindelerregende Karriere. Rothenberger singt auf den großen Opernbühnen, bei den Salzburger Festspielen und in Edinburgh, in München und Glyndebourne. Sie nimmt Schallplatten auf, eine Verfilmung des Salzburger „Rosenkavaliers“ mit Herbert von Karajan 1960 macht sie noch einmal populärer, sie bekommt Engagements an der berühmten Metropolitan Opera in New York und an der Mailänder Scala. Mehr kann man in diesem Beruf kaum erreichen.

Anneliese Rothenberger ist eben etwas Besonderes – sie stellt als Sängerin einen neuen Typus dar. Sie benimmt sich nicht wie eine eitle Primadonna mit Allüren und Capricen, singt nicht nur an der Rampe und nimmt divenhaft die stehenden Ovationen und „Brava"-Rufe entgegen. Anneliese Rothenberger schlüpft vielmehr wie eine Schauspielerin in ihre Rollen und versucht, die verschiedensten Typen überzeugend zu verkörpern. Sogar als die Männer verschlingende „Lulu" macht sie Furore, was man ihr, dieser grundsoliden, fast biederen Frau kaum zugetraut hätte. Eine Sängerschauspielerin sei sie, schreibt die Presse, bei der jede Geste durchdacht sei.

Aber auch die gesellschaftlichen Umstände sind günstig für ihre Karriere. Das Fernsehen ist in seinen Anfängen und braucht Gesichter. Anneliese Rothenberger erweist sich als ideale Akteurin für das neue Medium. Sie ist sympathisch wie seriös, charmant und besitzt Liebreiz. Sie tritt in Hörfunksendungen auf wie „Gern gehört" und „Wie es euch gefällt" und spielt 1951 in dem Spielfilm „Die verschleierte Maja" mit. Sie wird die Synchronstimme in Revuefilmen – und lernt wie nebenbei den Medienbetrieb in all seinen Facetten kennen.

Anneliese Rothenberger kann mehr als nur singen. Deshalb bekommt sie 1967 eine eigene Opern-Show: „Heute Abend – Anneliese Rothenberger". Sie soll klassische Musik vermitteln und dabei die Liebhaber der Oper nicht enttäuschen, aber auch den Feinden der Klassik gefallen. Es gelingt. Die einstige Bühnengröße singt sich mit dem süßlichen „Schenkt man sich Rosen in Tirol" und „Und der Himmel hängt voller Geigen" in die Herzen der Menschen. Rothenberger steht für gepflegte Unterhaltung, für unbeschwertes kulturelles Vergnügen erster Güte – unpolitisch und ohne jeden kritischen Unterton. Gute Laune, sagt sie, sei „eines der besten Kleidungsstücke, die man in Gesellschaft tragen kann"[2].

Doch Rothenberger erntet auch Kritik. Man wertet ihre Fernsehkarriere als Verrat an der hehren Kunst. Sie schert sich nicht darum und geht unbeirrt ihren Weg, weil sie sich als Missionarin im Dienste der Kunst sieht. Schließlich ziehe sie Millionen von Zuschauern, die bisher mit Mozart und Beethoven nichts am Hut hatten, zur klassischen Musik „hoch“[3]. Sie betrachtet es als ihren Verdienst, dass man nun auch auf dem kleinsten Dorf Mozart, Verdi und Wagner kennt. Vermutlich hat sie damit sogar recht.

Anneliese Rothenberger ist nun ein Promi. Fans rücken ihr auf die Pelle, und weil das Haus in Hallgarten im Rheingau immer wieder in der Presse erwähnt wird, stöbern ihre Anhänger sie nun auch daheim auf und beobachten sie mit Feldstechern von den Nachbargrundstücken aus. Die Eheleute flüchten nach Salenstein am Bodensee.

Bei Umfragen wird Anneliese Rothenberger immer wieder die beliebteste Frau im deutschen Fernsehen genannt. Sie hat ein Millionenpublikum – und gibt sich doch bewusst bescheiden. Sie verkörpert die bodenständige, grundsolide Frau, die im Grunde ihres Herzens von beschaulicher Behaglichkeit träumt. Das Ehepaar lebt in seinem Landhaus mit schönen Teppichen und alten Möbeln. Im Garten haben sie eine Sauna, aber sie sind alles andere als neureiche Angeber, die mit ihrem Geld protzen wollen. Alles ganz normal im Hause Rothenberger, funktional und gemütlich. Nur eines fehlt im soliden Idyll: der Nachwuchs. Beide bedauern, dass sie keine Kinder bekommen können.

So verschreibt sich Anneliese Rothenberger ganz ihrem Beruf. Selten erlaubt sie sich Laissez-faire. Wenn sie tatsächlich mal frei hat, malt sie bunte, schwungvolle Blumenbilder und Landschaften. Stundenlang sitzt sie am Schreibtisch und beantwortet ihre Fanpost von Hand oder an der Schreibmaschine. Stets korrekt und fleißig. Allein die Beantwortung der Geburtstagspost zieht sich oft über Wochen hin, weil sie alles selbst gewissenhaft erledigt.

Wenn Anneliese Rothenberger etwas hat, dann Disziplin. Als sie im Münchner Kaufhaus „Beck“ einmal zu einer Signierstunde eingeladen ist, will die Schlange nicht abreißen. Nach eineinhalb Stunden sitzt die Sängerin immer noch am Tisch, aufmerksam, konzentriert, mit perfektem Make-up, und fragt, welchen Namen sie schreiben darf.

Immer distinguiert, immer charmant, heiter und nachdenklich zugleich – aber diese damenhafte Distinguiertheit verrät auch eine extreme Selbstbeherrschung. Anneliese Rothenberger ist nicht auf den Mund gefallen und durchaus witzig. Als sie in einem Fragebogen verraten soll, was sie gern sein möchte, schreibt sie: Hund bei meinem Mann.

Aber selbst ihre Natürlichkeit wirkt letztlich kontrolliert. Anneliese Rothenberger umweht eine Aura des Korrekten – bis hin zum stets akkurat toupierten Haar. Hauptsache, keinen Fehler machen und nicht anecken – als könne sie damit ihre Schuld aus der Kindheit wiedergutmachen. Zeitlebens begleitet sie das Gefühl, sich dafür entschuldigen zu müssen, dass sie lebt – und nicht der Bruder.

Zum großen Bedauern der Regenbogenpresse liefert Anneliese Rothenberger ihnen nicht einen einzigen Skandal, die Paparazzi mögen sie auch noch so sehr belagern. Im Leben der Sängerin gibt es weder Amouren noch Ausrutscher oder Exzesse. Als die Presse einmal schreibt, Anneliese Rothenberger sei geliftet, muss man das umgehend dementieren.

Sie habe immer sehr gern gelacht, behauptet Anneliese Rothenberger einmal, aber man kann sich kaum vorstellen, dass sie je gelöst, ja hemmungslos gewesen ist. Sie wirkt wie jemand, der sich stets am Riemen reißt. Sie mag keine Empfänge und Premierenfeiern. Gegenüber Schwächen anderer soll sie milde sein, eigene Fehler aber treffen sie tief.

Der Tod ihres Mannes in den 1990er-Jahren wirft Anneliese Rothenberger aus der Bahn. Aber wie auch bei ihrer Krebserkrankung zieht sie sich immer wieder am Schopf, ist ein Stehaufmännchen, das weiß, wie man durchhält. Sie, die auch die Botschafterin des deutschen Liedes genannt wird, bekommt nun Preise und Ehrungen – und als sie 2010 mit über achtzig stirbt, endet ein diszipliniertes und extrem erfolgreiches Leben. Glücklich aber war es nicht. „Ach, Glück“, hat Anneliese Rothenberger einmal gesagt, „ist ein seltener Zustand, er dauert meist nur Stunden, ja manchmal Minuten.“[4]

QUELLENNACHWEIS

AGATHA STREICHER

(*1520, Ulm; †1581, ebenda)

Verwendete Literatur

Börchers, Kirstin: Doktorin Agatha Streicher. Ulms erste Ärztin. In: Ulmer Frauen haben eine Geschichte. Talheimer Verlag, 1992.

Conrads, Nobert: Anna Würster, die erste privilegierte Medizinerin Schlesiens (1657). In: Goehl, Konrad und Mayer, Johannes Gottfried (Hrsg.): Editionen und Studien zur lateinischen und deutschen Fachprosa des Mittelalters. Würzburg 2000.

Schulz, Ilse: Verwehte Spuren – Frauen in der Stadtgeschichte, Thorbecke Verlag der Schwabenverlag AG, 2. A. 2005.

Sporhan-Krempel, Lore: Agatha Streicher. In: Lebensbilder aus Schwaben und Franken VII, 1960.

Sporhan-Krempel, Lore: Agatha Streicher. In: Ulm und Oberschwaben 35, 1958.

Anmerkungen

1 Zitiert nach Conrads, Norbert: Anna Würster, die erste privilegierte Medizinerin Schlesiens (1657). In: Goehl, Konrad und Mayer, Johannes Gottfried (Hrsg.): Editionen und Studien zur lateinischen und deutschen Fachprosa des Mittelalters. Würzburg 2000, S. 9

2 Zitiert nach ebd. S. 9

3 Sporhan-Krempel, Lore: Agatha Streicher. In: Ulm und Oberschwaben 35, 1958, S. 179

KATHARINA KEPLER

(*1547, Eltingen bei Leonberg; †1622, Heumaden)

Verwendete Literatur

Maurer, Rolf: Katharina Kepler überlebt langen Hexenprozess. In: Lauter Frauen. 47 Porträts, aufgespürt in Baden-Württemberg. Theiss, Stuttgart 2000.

Raith, Anita: Hexenverfolgungen Württemberg, Herzogtum. Historicum.net, Geschichtswissenschaften im Internet, 08.02.2001.

Anmerkungen

1 Kepler, Johannes, wiedergegeben in: Stuttgarter Zeitung, 26.7.2015, S. 22
2 Zitiert nach Maurer, Rolf: Katharina Kepler überlebt langen Hexenprozess. In: Lauter Frauen. 47 Porträts, aufgespürt in Baden-Württemberg. Theiss, Stuttgart 2000, S. 81
3 Ebd. S. 80

MARIA ANDREAE

(*1550, Herrenberg; †1632, Calw)

Verwendete Literatur

Andreae, Johann Valentin: Nachrufe, Autobiographische Schriften, Cosmoxenus. Frommann-Holzboog. Bearbeitet, übersetzt und kommentiert von Frank Böhling, Roland Edighoffer, Wilhelm Kühlmann, Werner Straube. Stuttgart-Bad Cannstatt 1995.

Blos, Anna: Frauen in Schwaben – 15 Lebensbilder. Silberburg, Tübingen 1929.

Bran, Friedrich: Maria Andreä geb. Moser 1550–1632. Das vorbildliche Leben von J.V. Andreäs Mutter. Verlag Bernhard Gengenbach, Bad Liebenzell 1989.

Haus der Geschichte Baden-Württemberg in Verbindung mit der Landeshauptstadt Stuttgart. Hrsgg. v. Otto Borst: Frauen bei Hofe. Stuttgarter Symposium Schriftenreihe Band 6, 1998, S. 57–71.

Anmerkungen

1 Andreae, Johann Valentin. Nachrufe, Autobiographische Schriften, Cosmoxenus. Frommann-Holzboog. Bearbeitet, übersetzt und kommentiert von Frank Böhling, Roland Edighoffer, Wilhelm Kühlmann, Werner Straube. Stuttgart-Bad Cannstatt 1995, S. 59
2 Zitiert nach Borst, Otto. In: Frauen bei Hofe. Stuttgarter Symposium Schriftenreihe Band 6, 1998, S. 64

KAROLINE KAULLA

(*1739, Buchau am Federsee; †1809, Hechingen)

Verwendete Literatur

Katz, Gabriele: Die erste Unternehmerin Süddeutschlands und die reichste Frau ihrer Zeit. Madame Kaulla 1739–1806. Markstein-Verlag, Filderstadt 2006.

Schmierer, Wolfgang: Karoline (Chaile) Kaulla. In: Baden-Württembergische Portraits, Frauengestalten aus fünf Jahrhunderten, hrsgg. v. Noelle-Neumann, Elisabeth. Deutsche Verlagsanstalt, Stuttgart 1999, S. 37–41.

Anmerkungen

1 Katz, Gabriele: Die erste Unternehmerin Süddeutschlands und die reichste Frau ihrer Zeit. Madame Kaulla 1739–1806, Markstein Verlag, Filderstadt 2006, S. 129
2 Ebd. S. 129
3 Ebd. S. 129

FRIEDERIKE LUISE LÖFFLER

(*1744, Kürnbach; ; †1805, Stuttgart)

Verwendete Literatur

Löffler, Friederike Luise: Neues Stuttgarter Kochbuch, 29. Auflage, Verlag von J.F. Steinkopf in Stuttgart, 1919.

Löffler, Friederike Luise: Oekonomisches Handbuch für Frauenzimmer. Erster Band, welcher das Kochbuch enthält. Stuttgard bei Johann Christoph Betulius, 1791.

Maurer, Rolf: Friederike Luise Löffler, Köchin als Bestsellerautorin. In: Lauter Frauen. 47 Porträts, aufgespürt in Baden-Württemberg. Theiss, Stuttgart 2000.

Anmerkungen

1 Zitiert nach Maurer, Rolf: Friederike Luise Löffler, Köchin als Bestsellerautorin. In: Lauter Frauen. 47 Porträts, aufgespürt in Baden-Württemberg. Theiss, Stuttgart 2000, S. 108
2 Ebd. S. 110

LUDOVIKE SIMANOWIZ

(*1759, Schorndorf; †1827, Ludwigsburg)

Verwendete Literatur

Blick-Wechsel: Ludovike Simanowiz 1759–1827. Herausgegeben für das Kulturforum von Thomas Milz, Verlag Carl Bacher, 2009.

Blos, Anna: Frauen in Schwaben – 15 Lebensbilder. Silberburg, Tübingen 1929.

Deutsche Schillergesellschaft Marbach am Neckar: Marbacher Magazin: Ludovike Simanowiz, Band 57, Verlag Ulrich Ott, 1991.

Fiege, Gertrud: Ludovike Simanowiz 1759–1827. In: Baden-Württembergische Portraits, Frauengestalten aus fünf Jahrhunderten, hrsgg. v. Noelle-Neumann, Elisabeth. Deutsche Verlagsanstalt, Stuttgart 1999.

Anmerkungen

1 Zitiert nach Fix, Andrea. In: Blick-Wechsel: Ludovike Simanowiz 1759–1827. Hrsgg. für das Kulturforum von Thomas Milz, Verlag Carl Bacher, 2009, S. 21

2 Ebd. S. 21

3 Zitiert nach Fiege, Gertrud. In: Baden-Württembergische Portraits, Frauengestalten aus fünf Jahrhunderten, hrsgg. v. Noelle-Neumann, Elisabeth. Deutsche Verlagsanstalt, Stuttgart 1999, S. 59

LUISE DUTTENHOFER

(*1776, Waiblingen; †1829, Stuttgart)

Verwendete Literatur

Fiege, Gertrud: Die Scherenschnitte der Luise Duttenhofer. In: Marbacher Scherenschnittbüchlein. Beilage zum Marbacher Magazin 13/1979.

Koschlig, Manfred: Luise Duttenhofer in Selbstzeugnissen und zeitgenössischen Urteilen. In: Stultifera Navis. Mitteilungsblatt d. Schweizerischen Bibliophilen Gesellschaft. 10. Jahrgang, No 1 / 2.

Schlaffer, Hannelore: Luise Duttenhofer. In: Baden-Württembergische Portraits, Frauengestalten aus fünf Jahrhunderten, hrsgg. v. Noelle-Neumann, Elisabeth. Deutsche Verlagsanstalt, Stuttgart 1999, S. 60–63.

Anmerkungen

1 Zitiert nach Koschlig, Manfred: Luise Duttenhofer in Selbstzeugnissen und zeitgenössischen Urteilen. In: Stultifera Navis. Mitteilungsblatt d. Schweizerischen Bibliophilen Gesellschaft. 10. Jahrgang, No 1 / 2, S. 19

2 Duttenhofer, Luise, zitiert nach Fiege, Gertrud. In: Marbacher Scherenschnittbüchlein. Beilage zum Marbacher Magazin 13/1979, S. 21

3 Schlaffer, Hannelore: Luise Duttenhofer. In: Baden-Württembergische Portraits, Frauengestalten aus fünf Jahrhunderten, hrsgg. v. Noelle-Neumann, Elisabeth. Deutsche Verlagsanstalt, Stuttgart 1999, S. 62

4 Zitiert nach Koschlig, Manfred: Luise Duttenhofer in Selbstzeugnissen und zeitgenössischen Urteilen. In: Stultifera Navis. Mitteilungsblatt d. Schweizerischen Bibliophilen Gesellschaft. 10 Jahrgang No 1 / 2, S. 29

5 Ebd. S. 19

6 Ebd. S. 30

7 Fiege, Gertrud, in: Marbacher Scherenschnittbüchlein. Beilage zum Marbacher Magazin 13/1979, S. 21

KAROLINE VON GÜNDERRODE

(*1780, Karlsruhe; †1806, Winkel im Rheingau)

Verwendete Literatur

von Gersdorff, Dagmar: Die Erde ist mir Heimat nicht geworden. Das Leben der Karoline von Günderrode. Insel Verlag, Frankfurt am Main und Leipzig 2006.

Hetmann, Frederik: Drei Frauen zum Beispiel. Simone Weil, Isabel Burton, Karoline von Günderrode, Beltz Verlag, Weinheim und Basel 1980.

Wagener, Sybil: Karoline von Günderrode. In: Baden-Württembergische Portraits. Frauengestalten aus fünf Jahrhunderten, hrsgg. v. Noelle-Neumann, Elisabeth. Deutsche Verlagsanstalt, Stuttgart 1999, S. 64–74.

Anmerkungen

1 Zitiert nach Wagener, Sybil: Karoline von Günderrode. In: Baden-Württembergische Portraits. Frauengestalten aus fünf Jahrhunderten, hrsgg. v. Noelle-Neumann, Elisabeth. Deutsche Verlagsanstalt, Stuttgart 1999, S. 66

2 Hetmann, Frederik: Drei Frauen zum Beispiel. Simone Weil, Isabel Burton, Karoline von Günderrode, Beltz Verlag, Weinheim und Basel 1980, S. 126

3 Zitiert nach Wagener, Sybil: Karoline von Günderrode. In: Baden-Württembergische Portraits. Frauengestalten aus fünf Jahrhunderten, S. 67

4 Ebd. S. 66

5 Ebd. S. 66

6 Zitiert nach Hetmann, Frederik: Drei Frauen zum Beispiel. Simone Weil, Isabel Burton, Karoline von Günderrode, S. 118

7 Zitiert nach Wagener, Sybil: Karoline von Günderrode. In: Baden-Württembergische Portraits. Frauengestalten aus fünf Jahrhunderten, S. 70

8 Hetmann, Frederik: Drei Frauen zum Beispiel. Simone Weil, Isabel Burton, Karoline von Günderrode, S. 143

9 Ebd. S. 111

10 Ebd. S. 161

MARIE ELLENRIEDER

(*1791, Konstanz; †1863, ebenda)

Verwendete Literatur

Engelsing, Tobias und Stark, Barbara (Hrsg.): Einfach himmlisch! Die Malerin Marie Ellenrieder 1791–1863. Arnoldsche Art Publ., Stuttgart 2013.

Fischer, Friedrich Wilhelm und von Blanckenhagen, Sigrid: Marie Ellenrieder. Leben und Werk der Konstanzer Malerin. Ein Beitrag zur

Kunstgeschichte des 19. Jahrhunderts. Herausgegeben vom Kunstverein Konstanz e.V., Thorbecke, Stuttgart 1963.

von Gleichenstein, Elisabeth. In: Baden-Württembergische Portraits, Frauengestalten aus fünf Jahrhunderten, hrsgg. v. Noelle-Neumann, Elisabeth. Deutsche Verlagsanstalt, Stuttgart 1999, S. 98–109.

Anmerkungen

1 Zitiert nach Engelsing, Tobias. In: Engelsing, Tobias und Stark, Barbara (Hrsg.): Einfach himmlisch! Die Malerin Marie Ellenrieder 1791–1863. Arnoldsche Art Publ., Stuttgart 2013, S. 27

2 Zitiert nach von Gleichenstein, Elisabeth. In: Baden-Württembergische Portraits, Frauengestalten aus fünf Jahrhunderten, hrsgg. v. Noelle-Neumann, Elisabeth. Deutsche Verlags-Anstalt, Stuttgart 1999, S. 99

3 Zitiert nach Engelsing, Tobias. In: Engelsing, Tobias und Stark, Barbara (Hrsg.): Einfach himmlisch! Die Malerin Marie Ellenrieder 1791–1863, S. 27

4 Ebd. S. 30

5 Zitiert nach Fischer, Friedrich Wilhelm und von Blanckenhagen, Sigrid: Marie Ellenrieder. Leben und Werk der Konstanzer Malerin. Ein Beitrag zur Kunstgeschichte des 19. Jahrhunderts. Herausgegeben vom Kunstverein Konstanz e.V., Thorbecke, Stuttgart 1963, S. 29

6 Zitiert nach ebd. S. 26

7 Zitiert nach Engelsing, Tobias. In: Engelsing, Tobias und Stark, Barbara (Hrsg.): Einfach himmlisch! Die Malerin Marie Ellenrieder 1791–1863, S. 33

8 Zitiert nach von Gleichenstein, Elisabeth. In Baden-Württembergische Portraits, Frauengestalten aus fünf Jahrhunderten, hrsgg. v. Noelle-Neumann, Elisabeth, S. 106

9 Ebd. S. 104

10 Zitiert nach Engelsing, Tobias. In: Engelsing, Tobias und Stark, Barbara (Hrsg.): Einfach himmlisch! Die Malerin Marie Ellenrieder 1791–1863, S. 59

11 Ebd. S. 59

12 Ebd. S. 60

EMILIE ZUMSTEEG

(*1796, Stuttgart; †1857, ebenda)

Verwendete Literatur

Blos, Anna: Frauen in Schwaben – 15 Lebensbilder. Silberburg, Tübingen 1929.

Rebmann, Martina: Emilie Zumsteeg. In: Mayer, Clara (Hg.): Annäherungen XII – an sieben Komponistinnen. Porträts und Werkverzeichnisse, Furore Verlag 2001, S. 37–50.

Steinsberger, Claudia: Emilie Zumsteeg, Musikerin im 19. Jahrhundert. In: Lauter Frauen. 47 Porträts, aufgespürt in Baden-Württemberg. Theiss, Stuttgart 2000.

Anmerkungen

1 Allgemeine musikalische Zeitung, Jg. 31, Nr. 45, 11.1.1829, Sp. 747, zitiert nach Rebmann, Martina: Emilie Zumsteeg. In: Mayer, Clara (Hg.): Annäherungen XII – an sieben Komponistinnen. Porträts und Werkverzeichnisse, Furore Verlag, 2001, S. 37
2 Ebd. S. 40
3 Ebd. S. 40
4 Allgemeine musikalische Zeitung, Jg. 23, Nr. 27, 4.6.1821, Sp. 479, zitiert nach Rebmann, Martina: Emilie Zumsteeg. In: Mayer, Clara (Hg.): Annäherungen XII – an sieben Komponistinnen. Porträts und Werkverzeichnisse, Furore Verlag, 2001, S. 41
5 Ebd. S. 42
6 Ebd. S. 43
7 Ebd. S. 37
8 Allgemeine musikalische Zeitung, Jg. 31, Nr. 45, 11.1.1829, Sp. 747, zitiert nach Rebmann, Martina: Emilie Zumsteeg. In: Mayer, Clara (Hg.): Annäherungen XII – an sieben Komponistinnen. Porträts und Werkverzeichnisse, S. 37
9 Zitiert nach Blos, Anna: Frauen in Schwaben – 15 Lebensbilder. Silberburg, Tübingen 1929, S. 144
10 Steinsberger, Claudia: Emilie Zumsteeg, Musikerin im 19. Jahrhundert. In: Lauter Frauen, aufgespürt in Baden-Württemberg, Theiss, Stuttgart 2000, S. 190

OTTILIE WILDERMUTH

(*1817, Rottenburg a.N.; †1877, Tübingen)

Verwendete Literatur

Blos, Anna: Frauen in Schwaben – 15 Lebensbilder. Silberburg, Tübingen 1929.

Keppler, Utta: Ottilie Wildermuth. Schwäbische Frauenbilder. Hrsgg. v. Diethard H. Klein, Stieglitz Verlag, E. Händle, 1986, S.215–248.

Kerner, Justinus und Wildermuth, Ottilie: Verehrte Freundin! Wo sind Sie? Justinus Kerners Briefwechsel mit Ottilie Wildermuth 1853–1862. Neu herausgegeben von Rosemarie Wildermuth, Lithos-Verlag Stuttgart, Weinsberg Marbach Stuttgart 1996.

Kuschel, Karl-Josef, Rösch, Tilman und Setzler, Wilfried: „Mein Geist ins unbekannte Land …" Dichter und Denker auf Tübinger Friedhöfen, Klöpfer & Meyer, 2009.

Vollmer, Vera: Ottilie Wildermuth 1817–1877. In: Baden-Württembergische Portraits, Frauengestalten aus fünf Jahrhunderten, hrsgg. v. Noelle-Neumann, Elisabeth. Deutsche Verlagsanstalt, Stuttgart 1999, S. 122–127.

Wildermuth, Hermann und Wildermuth, Ottilie: Ach, die Poesie im Leben … Ottilie Wildermuths Briefwechsel mit ihrem Sohn Hermann 1865–1877. Hrsgg. v. Rosemarie Wildermuth, Verlag Günther Neske, Pfullingen 1979.

Wildermuth, Ottilie: Schwäbische Pfarrhäuser. Einleitung von Friedemann Schmoll, Klöpfer & Meyer, 2009.

Anmerkungen

1 Zitiert nach Schmoll, Friedemann. In: Wildermuth, Ottilie: Schwäbische Pfarrhäuser. Klöpfer & Meyer, 2009, S. 20
2 Ebd. S. 20
3 Vollmer, Vera: Ottilie Wildermuth 1817–1877. In: Baden-Württembergische Portraits, Frauengestalten aus fünf Jahrhunderten, hrsgg. v. Noelle-Neumann, Elisabeth. Deutsche Verlagsanstalt, Stuttgart 1999, S. 123
4 Blos, Anna: Frauen in Schwaben – 15 Lebensbilder. Silberburg, Tübingen 1929, S. 152
5 Zitiert nach Keppler, Utta: Ottilie Wildermuth. Schwäbische Frauenbilder. Hrsgg. v. Diethard H. Klein, Stieglitz Verlag, E. Händle, 1986, S. 247

ANNA PETERS

(*1843, Mannheim; †1926, Stuttgart)

Verwendete Literatur

Amtsblatt der Stadt Stuttgart, Nr. 8, 22.2.1968.

Der Sonntag (Süddeutsche Zeitung), 1926 Nr. 30 vom 25.7.1926.

Machnicki, Monika: Anna Peters. Vorwort zum Katalog zur Ausstellung Anna Peters 1843–1926 im Braith-Mali-Museum in Biberach an der Riß, 1990.

Anmerkungen

1 Amtsblatt der Stadt Stuttgart, Nr. 8, 22.2.1968
2 Ebd.
3 Der Sonntag (Süddeutsche Zeitung), 1926 Nr. 30 vom 25.7.1926

MARGARETE STEIFF

(*1847, Giengen a.d. Brenz; †1909, ebenda)

Verwendete Literatur

Erhard, Annegret: Margarete Steiff. Ullstein Buchverlage, 2000.

Heger, Wolfgang: Margarete Steiff 1847–1909. In: Baden-Württembergische Portraits, Frauengestalten aus fünf Jahrhunderten, hrsgg. v.

Noelle-Neumann, Elisabeth. Deutsche Verlagsanstalt, Stuttgart 1999.
Katz, Gabriele: Margarete Steiff. Die Biografie. Osburg Verlag, Berlin 2011.
Müller-Roguski, Teresa: Margarete Steiff oder Steiff Knopf im Ohr. Schwäbische Frauenbilder. Hrsgg. v. Diethard H. Klein, Stieglitz Verlag, E. Händle, 1986.
Tagesspiegel vom 16.1.2014.

Anmerkungen

1 Katz, Gabriele: Margarete Steiff. Die Biografie. Osburg Verlag, Berlin 2011, S. 186
2 Ebd. S. 91
3 Ebd. S. 35
4 Ebd. S. 186
5 Tagesspiegel vom 16.1.2014

BERTHA BENZ

(*1849, Pforzheim; †1944, Ladenburg)

Verwendete Literatur

Elis, Angela: Mein Traum ist länger als die Nacht – Wie Bertha Benz ihren Mann zu Weltruhm fuhr. Hoffmann und Campe, Hamburg 2010.
Handelsblatt „Mannheimer Verschwörung", 2.6.2015.
Leisner, Barbara: Bertha Benz. Eine starke Frau am Steuer des ersten Automobils, Casimir Katz Verlag, 2014.
Verkehrsverein Pforzheim: Bertha Benz: Die erste Fernfahrt der Welt mit einem Automobil im Jahre 1888, Publikation von 2008.

Anmerkungen

1 Handelsblatt „Mannheimer Verschwörung", 2.6.2015
2 Leisner, Barbara: Bertha Benz. Eine starke Frau am Steuer des ersten Automobils, Casimir Katz Verlag, 2014, S. 78
3 Ebd. S. 94

ISOLDE KURZ

(*1853, Stuttgart; †1944, Tübingen)

Verwendete Literatur

Kurz, Isolde: Letzte Tage in der Heimat. In: Schwäbische Frauenbilder. Hrsgg. v. Klein, Diethard. H. Stieglitz Verlag, E. Händle 1986, S. 337–354.

Kuschel, Karl-Josef, Rösch, Tilman und Setzler, Wilfried: Mein Geist ins unbekannte Land … Dichter und Denker auf Tübinger Friedhöfen, Klöpfer & Meyer, 2009, S. 92–101.

Ónodi, Marion: Isolde Kurz. Würzburger Hochschulschriften der Neueren Deutschen Literaturgeschichte, Band 11, hrsgg. v. Kuchinke-Bach, Anneliese. Peter Lang Verlag, Frankfurt am Main 1989.

Tietz, Rosemarie: Anna Schieber, Emma Waiblinger, Isolde Kurz. Drei Schriftstellerinnen in Esslingen am Neckar. Herausgegeben aus Anlass der Vierten Baden-Württembergischen Literaturtage 1986, Schwabenverlag AG, Ostfildern 1987.

Anmerkungen

1 http://www.dichterinnen.de/Kurz/

2 Kuschel, Karl-Josef, Rösch, Tilman und Setzler, Wilfried: Mein Geist ins unbekannte Land … Dichter und Denker auf Tübinger Friedhöfen, Klöpfer & Meyer, 2009, S. 100

3 Ebd. S. 94

4 Ónodi, Marion: Isolde Kurz. Würzburger Hochschulschriften der Neueren Deutschen Literaturgeschichte, Band 11, hrsgg. v. Kuchinke-Bach, Anneliese. Peter Lang Verlag, Frankfurt am Main 1989, S. 21

5 Ferchl, Irene: Isolde Kurz. In: Baden-Württembergische Portraits, Frauengestalten aus fünf Jahrhunderten, hrsgg. v. Noelle-Neumann, Elisabeth. Deutsche Verlagsanstalt, Stuttgart 1999, S. 163

6 Kuschel, Karl-Josef, Rösch, Tilman und Setzler, Wilfried: Mein Geist ins unbekannte Land … Dichter und Denker auf Tübinger Friedhöfen, S. 98

7 Ebd. S. 100

EMMY SCHOCH

(*1881, Lichtenau; †1968, Karlsruhe)

Verwendete Literatur:

Liessem-Breinlinger, Renate: Emmy Schoch. In: Baden-Württembergische Biographien, Band V, hrsgg. v. Sepaintner, Ludwig. W. Kohlhammer Verlag, Stuttgart 2013, S. 384–386.

Link, Edeltraud, Die Jugendstilkünstlerin Emmy Schoch. In: Heimatgruß aus Lichtenau, hrsgg. vom Heimatverein Medicus e.V., 2011, S. 108–113.

Schoch, Emmy: Deutsche Typenkleidung. Werkstätte für moderne Frauenkleidung Karlsruhe, G. Braunsche Hofbuchdruckerei und Verlag Karlsruhe in Baden 1913.

Anmerkungen

1 Liessem-Breinlinger, Renate: Emmy Schoch. In: Baden-Württembergische Biographien, Band V, hrsgg. v. Sepaintner, Fred Ludwig. W. Kohlhammer Verlag, Stuttgart 2013, S. 386
2 Link, Edeltraud: Die Jugendstilkünstlerin Emmy Schoch. In: Heimatgruß aus Lichtenau. Hrsgg. vom Heimatverein Medicus e.V., 2011, S. 110
3 Liessem-Breinlinger, Renate: Emmy Schoch. In: Baden-Württembergische Biographien, Band V, S. 386
4 Schoch, Emmy: Deutsche Typenkleidung. Werkstätte für moderne Frauenkleidung Karlsruhe, G. Braunsche Hofbuchdruckerei und Verlag Karlsruhe in Baden 1913, S. 3
5 Ebd. S. 4
6 Ebd. S. 4
7 Liessem-Breinlinger, Renate: Emmy Schoch. In: Baden-Württembergische Biographien, Band V, S. 385
8 Ebd. S. 386
9 Ebd. S. 386

GERTA TARO

(*1910, Stuttgart; †1937, El Escorial/Spanien)

Verwendete Literatur

Gellhorn, Martha: Bis dass der Tod uns scheidet. In: Dito, Paare, Reinbek 1989.

Schaber, Irme: Gerta Taro. Fotoreporterin im Spanischen Bürgerkrieg. Eine Biografie. Jonas Verlag, Marburg 1994, 2.A. 1995.

Schaber, Irme: Gerta Taro, Fotoreporterin im Spanischen Bürgerkrieg. In: Lauter Frauen. 47 Porträts, aufgespürt in Baden-Württemberg. Theiss, Stuttgart 2000.

Anmerkungen

1 Schaber, Irme: Gerta Taro, Fotoreporterin im Spanischen Bürgerkrieg. Eine Biografie. Jonas Verlag, 1994, 2. A. 1995, S. 29
2 Schaber, Irme. In: Lauter Frauen. 47 Porträts, aufgespürt in Baden-Württemberg. Theiss, Stuttgart 2000, S. 166
3 Schaber, Irme: Gerta Taro, Fotoreporterin im Spanischen Bürgerkrieg, 1994/2.A. 1995, S. 16
4 Ebd. S. 29
5 Ebd. S. 43

GRETEL BERGMANN

(*1914, Laupheim)

Verwendete Literatur

Bergmann, Gretel: Ich war die große jüdische Hoffnung. Erinnerungen einer außergewöhnlichen Sportlerin. Hrsgg. v. Haus der Geschichte Baden-Württemberg. Red.: Irene Pill, G. Braun Buchverlag, Karlsruhe 2003.

Anmerkungen

1 Zitiert nach Bergmann, Gretel: Ich war die große jüdische Hoffnung. Erinnerungen einer außergewöhnlichen Sportlerin. Hrsgg. v. Haus der Geschichte Baden-Württemberg. Red.: Irene Pill, G. Braun Buchverlag, Karlsruhe 2003, S. 215

2 Ebd. S. 99

3 Ebd. S. 215

SOPHIE SCHOLL

(*1921, Forchtenberg; †1943, München)

Verwendete Literatur

Beuys, Barbara: Sophie Scholl. Biografie. Insel Verlag, Berlin 2011.

Milstein, Werner „Mut zum Widerstand. Sophie Scholl – ein Porträt". Neukirchener Verlagshaus, 2004.

Vinke, Hermann: Das kurze Leben der Sophie Scholl, Ravensburger Verlag, Ravensburg 1997.

Anmerkungen

1 Zitiert nach Vinke, Hermann: Das kurze Leben der Sophie Scholl, Ravensburger Verlag, Ravensburg 1997, S. 140/141

2 Zitiert nach Beuys, Barbara: Sophie Scholl. Biografie. Insel Verlag, Berlin 2011, S. 91

3 Zitiert nach Vinke, Hermann: Das kurze Leben der Sophie Scholl, S. 117

4 Zitiert nach ebd. S. 125

5 Zitiert nach ebd. S. 192

ANNELIESE ROTHENBERGER
(*1924 o. 1926, Mannheim; †2010, Münsterlingen/Schweiz)

Verwendete Literatur

NZZ am Sonntag, 13. Juni 2010.

von Lewinski, Wolf Eberhard: Anneliese Rothenberger. Friedrich-Verlag, Velber 1968.

Strobel, Ricarda und Faulstich, Werner: Die deutschen Fernsehstars, Band 3: Stars für die ganze Familie. Vandenhoeck & Ruprecht, Göttingen 1998.

Anmerkungen

1 NZZ am Sonntag, 13. Juni 2010, S. 18
2 Zitiert nach Strobel, Ricarda und Faulstich, Werner: Die deutschen Fernsehstars, Band 3: Stars für die ganze Familie, Vandenhoeck & Ruprecht, Göttingen 1998, S. 87
3 Ebd. S. 82
4 NZZ am Sonntag, 13. Juni 2010, S. 18

BILDNACHWEIS

S. 13, Agatha Streicher: Ulm von Süden, Holzschnitt, aus: Hartmann Schedel „Liber chronicarum" 1493, © Stadtarchiv Ulm
S. 17, Katharina Kepler: AKG934877, © akg-images/Science Photo Library
S. 23, Maria Andreae: Max Bach (1841–1914): Das alte Schloss mit der Stiftskirche ums Jahr 1790. Inv. Nr. B 6752, © Stadtarchiv Stuttgart
S. 29, Karoline Kaulla: Foto: H. Zwietasch; © Landesmuseum Württemberg, Stuttgart
S. 35, Friederike Luise Löffler: AKG1679794, © akg-images/De Agostini Picture Lib./G. Dagli Orti
S. 43/141, Umschlag, Ludovike Simanowiz: AKG258904, © akg-images
S. 49, Luise Duttenhofer: AKG6622, © akg-images
S. 55, Karoline von Günderrode: AKG3871, © akg-images
S. 11/61, Umschlag, Marie Ellenrieder: AKG2644, © akg-images
S. 11/69, Umschlag, Emilie Zumsteeg: LMZ097280, © LMZ Landesmedienzentrum Baden-Württemberg, Stuttgart
S. 75/141, Ottilie Wildermuth: AKG2578065, © akg-images/Imagno
S. 81, Anna Peters: Pietronella Peters: Interieur mit der Malerin Anna Peters vor der Staffelei, o.J. Inv. Nr. B 3352, © Stadtarchiv Stuttgart
S. 87, Margarete Steiff: AKG2713636, © akg-images/picture-alliance/dpa
S. 11/93, Umschlag, Bertha Benz: AKG975, © akg-images
S. 101, Isolde Kurz: AKG6543, © akg-images
S. 107, Umschlag, Emmy Schoch: © Stadtarchiv Karlsruhe 8/PBS oXIVf 174
S. 113/141, Umschlag, Gerta Taro: AKG2562333, © akg-images/picture-alliance/Fred Stein
S. 121, Gretel Bergmann: AKG428578, © Bildarchiv Pisarek/akg-images
S. 127, Sophie Scholl: AKG894360, © George (Jürgen) Wittenstein/akg-images
S. 133, Anneliese Rothenberger: AKG176978, © akg-images/Niklaus Stauss

Bibliografische Information der Deutschen Bibliothek
Die Deutsche Bibliothek verzeichnet diese Publikation in der Deutschen Nationalbibliografie; detaillierte bibliografische Daten sind im Internet über http://dnb.ddb.de abrufbar.

ISBN 978-3-87800-035-8

Einband, Layout, Satz und Seitengestaltung:
Silke Nalbach, Mannheim
Umschlagabbildungen (siehe genauer Bildnachweis im Anhang):
© akg-images (Bertha Benz, Marie Ellenrieder, Ludovike Simanowiz, Gerta Taro); © Stadtarchiv Karlsruhe (Emmy Schoch); LMZ Baden-Württemberg, Stuttgart (Emilie Zumsteeg)
Druck und Bindung: CPI – Ebner & Spiegel, Ulm

Südverlag GmbH
Schützenstr. 24, 78462 Konstanz
Tel. 07531-9053-0, Fax: 07531-9053-98
www.suedverlag.de

ÜBER BEEINDRUCKENDE MÄNNER

12,0 x 19,0 CM, 176 SEITEN,
CA. 20 FARBIGE ABBILDUNGEN,
HARDCOVER
978-3-87800-034-1, € 18,-

Sie waren Künstler, Denker, Tüftler oder Rebell: Männer aus Baden und Württemberg, die teils einen großen Namen tragen, teils weniger bekannt sind. Ihren findigen, unkonventionellen oder bahnbrechenden Ideen, Überzeugungen und Leistungen galt ihr ganzes Herzblut. Und obwohl sie selbst mitunter in Vergessenheit geraten sind, verdanken wir diesen faszinierenden Persönlichkeiten denkwürdige Hinterlassenschaften.
In sorgfältig recherchierten Porträts stellt die Kulturredakteurin Beate Karch zwanzig dieser interessanten Männer vor. Männer, die in den letzten Jahrhunderten zwischen Mannheim und Konstanz, Karlsruhe und Ulm gewirkt haben. Erzählt wird von kreativen Köpfen und faszinierenden Gedanken, von bescheidenen Anfängen, wiederholtem Scheitern und großartigen Erfolgen.

Südverlag